피터 래빗 이야기 3

옮긴이 구자언

서강대학교에서 영문학 학사와 석사를 마치고, 연세대학교에서 박사 과정을 수료했다. 한성대학교에서 강의했고, 19세기 영국소설과 영화에 관한 논문을 발표했다. 현재 꾸준한 번역 활동을 하고 있으며, 번역서로는 《피터 래빗 시리즈》를 비롯해 《악마의 덧셈》《존 카터: 화성의 신》《킬리만자로의 눈》 등이 있다.

피터 래빗 이야기 3

개정 1쇄 펴낸 날 2020년 12월 1일
개정 2쇄 펴낸 날 2021년 1월 30일

지은이 베아트릭스 포터
옮긴이 구자언
펴낸이 장영재
펴낸곳 (주)미르북컴퍼니
자회사 더클래식
전 화 02)3141-4421
팩 스 02)3141-4428
등 록 2012년 3월 16일(제313-2012-81호)
주 소 서울시 마포구 성미산로32길 12 2층 (우03983)
E-mail sanhonjinju@naver.com
카 페 cafe.naver.com/mirbookcompany

* (주)미르북컴퍼니는 독자 여러분의 의견에 항상 귀 기울이고 있습니다.
* 파본은 책을 구입하신 서점에서 교환해 드립니다.
* 책값은 뒤표지에 있습니다.

피터 래빗 이야기 3

베아트릭스 포터 지음 | 구자언 옮김

더클래식

| 차례 |

17. 파이와 파이틀 이야기

옛날에 리비라는 야옹이가 살고 있었어요. 어느 날, 강아지 더치스에게 차를 마시러 오라고 초대했죠. 리비는 초대장에 이렇게 적었답니다.

친애하는 더치스에게
우리 집에 시간 맞춰 오세요. 테두리가 분홍색인 파이 접시에 아주 맛있는 걸 굽고 있어요. 우리 같이 먹어요. 지금까지 그렇게 맛있는 건 아마 못 먹어봤을걸요! 모두 다 드세요! 전 머핀만 먹을게요.

더치스는 편지를 읽고 답장을 썼어요.

친애하는 리비에게

4시 15분에 아주 기쁜 마음으로 갈게요. 그런데 정말 신기하네요. 저도 방금 전에 저녁 식사를 우리 집에서 하자고 초대하려 했는데. 세상에서 가장 맛있는 음식을 대접하려고 말이에요. 늦지 않게 갈게요.

더치스는 편지 마지막에 "쥐로 만든 건 아니기를 바랄게요"라고 덧붙였어요. 그런데 써놓고 보니 예의에 어긋난다는 생각이 들었죠. 그래서 "쥐로 만든 건 아니기를"이라는 말을 지우고 "맛있기를"이라고 적었어요. 그런 뒤 편지를 우편배달부에게 주었답니다.

그런데 더치스는 리비가 만들고 있는 파이가 너무 신경 쓰여서 리비가 보낸 편지를 읽고 또 읽었죠.

"쥐로 만든 거면 어떻게 하지!"

더치스가 혼자 중얼거렸어요.

“쥐로 만든 거면 정말 못 먹을 거 같은데. 근데 초대받은 거니까 먹어야겠지. 난 송아지 고기와 햄을 넣어서 파이를 구우려고 했는데. 테두리가 분홍색인 하얀색 파이 접시라! 내 거랑 똑같잖아. 아, 참, 타비사 트위칫네 가게에서 함께 샀지.”

더치스는 식품 저장실로 갔어요. 그리고 선반에서 파이를 꺼내 들여다봤죠.

“이제 오븐에 넣기만 하면 되는데. 파이 껍질 너무 예쁘다! 작은 금속 파이틀을 넣어서 파이 껍질 모양도 잘 잡혔고 김이 잘 빠져나가게 포크로 가운데에 구멍도 뚫어놨으니까 됐어. 아! 생쥐 파이 대신 내가 만든 파이 먹으면 좋겠다!”

더치스는 생각하고 또 생각하면서 리비가 보낸 편지를 다시 읽었어요.

“테두리가 분홍색인 하얀색 파이 접시……. 음, ‘모두 다 드세요’라……. 나한테 하는 말이겠지. 그럼, 리비는 자기가 만든 파

이를 맛도 안 보겠다는 건가? 테두리가 분홍색인 하얀색 파이 접시라! 분명히 머핀을 사러 밖에 나갈 텐데……. 아, 좋은 생각이 났다! 리비가 집에 없을 때, 쏜살같이 달려가서 리비 오븐에 내가 만든 파이를 넣어놓으면 어떨까?"

더치스는 영리한 자신이 무척 자랑스러웠답니다!

한편 리비는 집에 오겠다는 더치스의 답장을 받자마자, 파이를 오븐에 쏙 집어넣었어요.

리비한테는 오븐이 두 개 있었는데 위아래로 놓여 있었죠. 오븐의 진짜 손잡이 외에 다른 손잡이들은 장식일 뿐이어서 실제로는 열리지 않았어요. 리비는 파이를 아래쪽 오븐에 넣었답니다. 문이 아주 빽빽했어요.

"위쪽 오븐은 너무 빨리 구워진단 말이야."

리비는 혼잣말을 했어요.

"가장 부드러운 생쥐 고기랑 베이컨을 잘게 다져서 구운 세상에서 가장 고소한 파이가 될 거야. 뼈도 모조리 발라냈으니까 됐어. 지난번에 더치스를 초대했을 때, 목에 생선 가시가 걸려서 거의 죽을 뻔했잖아. 더치스는 좀 급하게 먹는 버릇이 있어. 한입 가득 넣고 먹는다니까. 뭐, 그래도 얼마나 다정하고 우아하다고. 가게를 하는 사촌 타비사랑은 전혀 딴판이지."

리비는 벽난로 안에 석탄을 넣고 난롯가를 빗자루로 쓴 다음, 주전자에 물을 채우려고 양동이를 들고 우물가로 갔어요. 그 후에 부엌을 정리하기 시작했죠. 왜냐하면 부엌을 거실로도 사용했거든요. 리비는 양탄자를 현관문 앞에서 턴 뒤 똑바로 놨어요. 벽난로 앞에 까는 양탄자는 토끼 가죽으로 만든 거였죠. 그리고 시계와 벽난로 위에 놓인 장식들의 먼지도 털어내고 식탁과 의자도 문질러 닦았답니다.

그런 뒤에 깨끗한 하얀 식탁보를 깔았고 가장 좋은 찻잔 세트를 벽난로 옆 찬장에서 꺼냈어요. 찻잔들은 하얀색이었는데 분홍색 장미가 그려져 있었죠. 음식을 담을 접시들은 하얀색과 파란색이 섞여 있었어요.

리비는 식탁을 다 차린 뒤에 하얀색과 파란색이 섞인 접시와 주전자를 들고 우유와 버터를 가지러 들판에 있는 농장으로 갔답니다.

다시 집으로 온 리비는 아래쪽 오븐을 살짝 들여다봤어요. 파이가 아주 맛있게 구워지고 있었죠. 리비는 숄을 두르고 보닛 모자를 쓴 다음, 바구니를 들고 차 한 봉지, 각설탕 1파운드, 마멀레이드 한 병을 사려고 가게에 갔어요.

바로 그때 더치스도 마을 반대편 끝에 있는 자기 집을 나섰답니다. 리비와 더치스는 길 중간쯤에서 만났는데, 더치스도 천으로 덮은 바구니를 들고 있었죠. 둘은 서로 고개만 숙여 인사하고 말은 주고받지 않았어요. 곧 리비네 집에서 만날 테니까요.

더치스는 길모퉁이를 돌자마자 냅다 뛰었어요! 리비의 집으로 곧장 달려갔죠!

리비는 가게에 가서 필요한 것을 사고, 사촌 타비사와 즐겁게 수다를 떤 뒤에 밖으로 나왔답니다.

타비사는 리비가 간 뒤에 무시하듯이 말했어요.

"강아지를 초대했다고! 아니, 우리 소리 마을에는 초대할 고양이가 없어? 그리고 오후에 차를 마시면서 파이를 먹는다고? 생각 한번 참!"

리비는 티머시네 빵집에서 머핀을 산 뒤 집으로 갔답니다. 그런데 현관문을 열고 들어가는데, 집 뒤쪽에서 뭔가가 휙휙 움직이는 소리가 들리는 거예요.

"저게 까치 소리는 아니겠지. 분명히 숟가락으로 부엌문을 잠가놨는데."

하지만 아무도 없었어요. 리비는 아래쪽 오븐을 힘들게 열고는 파이를 반대쪽으로 돌렸어요. 생쥐 고기가 구워지면서 맛있는 냄새가 나기 시작했죠!

그사이에 더치스는 뒷문으로 몰래 빠져나갔답니다.

"내 파이 넣을 때 보니까 리비가 만든 파이가 오븐에 없던데, 진짜 이상하네! 집을 다 뒤졌는데도 찾을 수가 없으니. 그래도 내 파이는 위쪽 뜨거운 오븐에 넣어놨으니까 됐어. 다른 손잡이들은 고장 난 건지 열리지도 않고……. 생쥐 고기 파이를 완전히 없애버려야 했는데! 생쥐 고기 파이를 어디다 둔 거지? 리비가 돌아오는 바람에 뒷문으로 겨우 도망쳤네!"

더치스는 집에 가서 자신의 아름다운 검은 털을 솔로 다듬은 뒤에, 리비에게 선물로 주려고 정원에서 꽃 한 다발을 꺾었어요. 그리고 4시 종이 울릴 때까지 시간을 보냈답니다.

리비는 찬장이며 식품 저장실을 살펴보고 아무도 숨어 있지 않다는 것을 꼼꼼히 확인한 뒤, 옷을 갈아입으러 위층으로 올라갔어요. 더치스를 맞이하기 위해 연보라색 실크 드레스를 입고 수를 놓은 모슬린 앞치마와 모피 목도리를 둘렀죠.

"정말 이상하네. 서랍을 저렇게 열어놓고 나간 적이 없는데. 누가 내 벙어리장갑을 껴봤나?"

리비는 다시 아래층으로 내려와서 차를 준비한 뒤, 벽난로 옆 선반에 찻주전자를 올려놨어요. 그러고는 다시 아래쪽 오븐을 들여다봤죠. 파이는 갈색으로 먹음직스럽게 구워지고 있었고 뜨거운 김이 모락모락 올라왔어요.

리비는 벽난로 앞에 앉아 더치스를 기다렸어요.

“아래쪽 오븐을 사용하기 잘한 거 같아. 위쪽 오븐은 너무 뜨거웠을 거야. 근데 저 찬장 문은 왜 열려 있지? 누가 집에 왔었나?”

4시 정각에 더치스는 리비네로 가려고 집을 나섰어요. 그런데 마을을 가로질러서 너무 빨리 달린 바람에 일찍 도착했고, 리비네 집으로 이어지는 좁은 길에서 잠깐 기다려야 했죠.

"리비가 오븐에서 내 파이를 꺼냈을까? 그럼 생쥐로 만든 파이는 어떻게 되는 거지?"

더치스가 중얼거렸어요.

정확히 4시 15분에 아주 고상하게 '똑똑' 소리가 조그맣게 들렸답니다.

"리비, 안에 있어요?"

현관에서 더치스가 물었어요.

"들어오세요! 어떻게 지냈어요? 잘 지냈죠?"

리비가 큰 목소리로 물었어요.

"덕분에 잘 지냈어요. 고마워요. 리비도 잘 지냈죠? 꽃을 좀 가져왔어요. 와, 파이 냄새가 정말 고소한데요!"

“꽃이 너무 예뻐요! 네, 생쥐 고기와 베이컨을 넣은 파이예요.”

“음식에 대해서는 얘기 안 해도 돼요. 차 탁자용 식탁보가 하얀 게 예쁘네요! 그런데 파이는 다 됐어요? 아직 오븐에 있어요?”

“5분 정도 더 구워야 할 거 같아요. 조금만 있으면 돼요. 차를 좀 따라줄게요. 설탕 넣을래요?”

“네, 네, 주세요. 저기, 코로 냄새 좀 맡아보게 각설탕 하나 줄 수 있어요?”

"그럼요. 어쩜 이리 예의 바르게 말하는지! 얼마나 상냥하고 예쁜지 모르겠어요!"

더치스가 코에 각설탕을 올려놓고 킁킁거렸어요.

"파이 냄새가 너무 좋아요! 전 송아지 고기와 햄을 정말 좋아하거든요. 아, 그러니까 제 말은 생쥐 고기와 베이컨을 좋아한다는……."

더치스는 당황해서 각설탕을 식탁 밑에 떨어뜨렸고, 각설탕을 찾느라 리비가 어떤 오븐에서 파이를 꺼내는지 보지 못했어요.

리비가 파이를 식탁에 올려놨어요. 무척 맛있는 냄새가 올라왔죠.

더치스는 식탁 밑에서 오도독오도독 설탕을 씹어 먹으면서 나와 의자에 앉았어요.

"제가 파이를 자를게요. 전 머핀에 마멀레이드를 발라서 먹으려고요."

리비가 말했어요.

"정말 머핀을 더 좋아해요? 파이틀 조심하세요!"

"뭐라고요?"

"아, 아니요. 마멀레이드 드릴까요?"

더치스가 서둘러 말했어요.

파이는 정말 맛있었고 머핀은 뜨끈뜨끈하면서 아주 담백했어요. 음식들이 순식간에 없어졌죠. 특히 파이가요!

'파이를 내가 직접 잘라 먹는 게 낫겠어. 파이 자를 때 보니까 리비가 아무것도 눈치 못 챈 거 같기는 하지만 말이야. 근데 고기가 정말 잘게 썰렸네! 내가 이렇게 잘게 다진 기억이 없는데. 우리 집 오븐보다 요리가 훨씬 빨리 되는 오븐인가 봐.'

더치스는 혼자 속으로 생각했어요.

'역시 더치스는 빨리 먹어!'

리비도 다섯 번째 머핀에 버터를 바르면서 생각했어요.

파이 접시는 눈 깜짝할 사이에 깨끗해졌답니다! 더치스는 벌써 네 그릇째 먹고는 숟가락을 만지작거리고 있었죠.

"더치스, 베이컨 좀 더 줄까요?"

"고마워요. 근데 파이틀이 없네요."

"무슨 파이틀이오?"

"파이 껍질을 고정해주는 파이틀이오."

더치스가 자신의 검은 털 아래로 얼굴을 붉히며 말했어요.

"아, 저는 파이틀을 사용하지 않았어요. 생쥐 고기로 파이를 만들 때는 필요 없을 거 같아서요."

"정말 안 보이네!"

더치스가 숟가락을 만지작거리면서 걱정스럽게 말했어요.

"파이틀은 원래 없어요."

리비가 당황한 표정으로 말했죠.

"아, 네. 근데 어디로 갔지?"

더치스가 말했어요.

"분명히 안 넣었다니까요. 전 푸딩이나 파이 만들 때 금속 도구를 거의 사용하지 않아요. 별로 좋은 생각이 아닌 거 같아서."

리비가 목소리를 낮추며 말을 이었어요.

"특히 통째로 삼켜버리면 최악이죠!"

더치스는 무척 불안한 표정으로 파이 접시 안쪽을 계속 뒤적였어요.

"제 사촌 타비사의 할머니요. 그러니까 제 고모할머니죠. 스퀸티나 할머니는 크리스마스 자두 푸딩에 들어 있던 골무를 삼켜서 돌아가셨잖아요. 그래서 저는 푸딩이나 파이에 금속 틀은 절대 안 넣어요."

더치스는 얼굴이 하얗게 질려서 파이 접시를 기울였어요.

"저한테는 파이틀이 네 개 있는데 모두 찬장에 있어요."

"아! 안 돼! 나 죽어! 죽는단 말이야! 파이틀을 삼켰어! 아, 리비, 몸이 안 좋아요!"

더치스가 비명을 질렀어요.

"그럴 리 없어요. 파이틀은 원래 없었어요."

더치스는 신음 소리를 내고 울부짖으면서 뒹굴었어요.

"아, 몸이 너무 안 좋아요! 파이틀을 삼켰어요!"

"파이틀이 없었다니까요."

리비가 단호한 목소리로 말했답니다.

"아니에요. 있었어요. 제가 삼킨 게 분명해요!"

"베개에 기대봐요. 몸속 어디쯤에 있는 거 같아요?"

"아, 온몸이 안 좋은 거 같아요. 커다란 금속 파이틀을 삼켰어! 가장자리가 날카로운 부채꼴 모양인데!"

"의사를 부를까요? 부엌문을 잠가놓고 갔다 올게요!"

"아, 네, 네! 리비, 매거티 의사 선생님 좀 불러줘요. 그분도 '파이'*니까 분명히 잘 아실 거예요."

리비는 더치스를 벽난로 앞 안락의자에 앉혀놓고 의사를 부르러 마을로 급히 갔어요.

매거티 의사 선생님은 대장간에 있었답니다. 녹슨 못을 우체국에서 얻은 잉크병에 넣는 데 몰두해 있었죠.

* 영어로 까치를 'pie(magpie)'라고도 한다.

"베이컨, 까악! 까악!"

그는 머리를 한쪽으로 기울이면서 말했어요.

리비는 자기 집에 온 손님이 파이틀을 삼켜버렸다고 설명했죠.

"시금치, 까악! 까악!"

매거티 의사 선생님은 급히 리비네 집으로 갔어요. 워낙 빨리 날아가서 리비는 뛰어야 했죠. 이 광경은 마을 주민들의 시선을 끌었고 리비가 의사를 데려가는 것을 모두 알게 됐답니다.

"내 과식할 줄 알았다니까!"

타비사 트위칫이 말했어요.

리비가 의사를 찾아다니는 동안, 더치스한테는 이상한 일이 일어났답니다. 더치스는 한숨을 쉬고 신음 소리를 내며 벽난로 앞에 혼자 앉아 있었어요. 기분이 아주 안 좋았죠.

"도대체 어떻게 그걸 삼킨 거지? 파이틀처럼 그렇게 큰 걸!"

더치스는 벌떡 일어나 식탁으로 가서, 숟가락으로 파이 접시를 한 번 더 눌러봤어요.

"없어. 파이틀이 없어. 내가 분명히 넣었는데. 파이는 나만 먹었잖아. 그러니까 내가 삼킨 게 분명해!"

더치스는 다시 의자에 앉아 벽난로 안에 있는 쇠살대를 슬픈 눈으로 바라봤어요. 타닥타닥, 나무 타들어가는 소리와 함께 불꽃이 흔들렸죠. 그런데 그때 뭔가 지글지글하는 소리가 들리는 거예요!

더치스는 흠칫 놀랐답니다! 위쪽 오븐을 열어보자, 자욱한 김과 함께 송아지 고기와 햄 냄새가 풍겨 나왔죠. 그리고 그 안에 잘 구워진 갈색 파이가 하나 있었어요. 파이 껍질 위에 난 구멍으로 보니, 금속 파이틀도 살짝 보였죠!

더치스는 길게 한숨을 쉬었어요.

"그러니까 내가 먹은 게 바로 생쥐 고기였네! 몸이 안 좋은 게 당연해……. 그래도 진짜로 파이틀을 삼켰으면 더 안 좋았겠지!"

더치스는 곰곰이 생각했어요.

"리비한테 뭐라고 하지! 내 파이를 뒷마당에 숨겨놓고 아무 말도 하지 말아야겠다. 집에 돌아갈 때 뒷마당에서 몰래 가져가야겠어."

더치스는 파이를 뒷문 밖에 놓고 다시 벽난로 앞에 앉아 눈을 감았어요. 리비가 의사와 함께 도착했을 때, 잠든 것처럼 보이게 하려고 말이죠.

"베이컨, 까악! 까악!"

의사 선생님이 말했어요.

"훨씬 더 좋아진 거 같아요."

더치스가 갑자기 몸을 일으키며 말했답니다.

"그럼 정말 다행이에요! 의사 선생님이 알약을 가져왔어요."

"맥만 좀 짚어줘도 훨씬 나을 거 같아요."

매거티 의사 선생님이 부리에 뭔가를 물고 가까이 다가오자, 더치스가 뒷걸음치면서 말했어요.

"더치스, 그냥 빵으로 만든 알약이에요. 약을 먹으면 훨씬 좋아질 거예요. 우유도 좀 마셔요!"

더치스가 기침을 하며 숨 막혀하자, 의사가 "베이컨, 베이컨!" 하고 말했어요.

"그 말 좀 그만하세요! 여기 잼 바른 빵 있으니까 가지고 마당으로 나가세요!"

리비가 화를 내면서 말했어요.

"베이컨, 시금치! 까악! 까악!"

매거티 의사 선생님이 뒷문 밖에서 의기양양하게 소리쳤어요.

"몸이 훨씬 좋아졌어요. 어두워지기 전에 집에 가는 게 좋겠죠?"

더치스가 말했어요.

"아무래도 그게 낫겠어요. 아주 따뜻한 숄을 빌려드릴게요. 그리고 제 손을 잡으세요."

"폐 끼치고 싶지는 않은데. 많이 좋아졌어요. 매거티 의사 선생님 알약을 먹었더니……."

"정말 놀랍네요. 파이틀을 삼켰는데 그 알약으로 치료되다니! 아무튼 내일 아침 먹고 한번 들를게요. 밤새 괜찮았는지 보러요."

다정하게 작별 인사를 주고받은 뒤 더치스는 집으로 떠났어요. 도중에 걸음을 멈추고 뒤를 돌아보니, 리비는 문을 닫고 안으로 들어가고 없었죠. 그래서 슬며시 울타리 사이로 들어가서 리비의 집 뒤쪽으로 달려간 다음 마당을 들여다봤답니다.

돼지우리 지붕에 매거티 의사 선생님과 갈까마귀 세 마리가 앉아 있었어요. 갈까마귀들은 파이 껍질을 먹고 있었고, 매거티 의사 선생님은 파이틀에 남은 고기 소스를 마시고 있었죠.

"베이컨, 까악! 까악!"

매거티 의사 선생님이 모퉁이에서 작고 검은 코를 내밀고 마당을 들여다보는 더치스를 보고 소리쳤어요.

더치스는 완전히 바보가 된 기분으로 집으로 냅다 달려갔죠!

리비는 찻잔과 찻주전자를 씻으려고 양동이를 들고 물을 길러 나왔답니다. 그런데 마당 한가운데에 테두리가 분홍색인 하얀색 파이 접시가 깨진 채 나뒹굴고 있는 거예요. 그리고 문제의 파이 틀이 펌프 아래에 있었죠. 매거티 의사 선생님이 리비를 생각해서 그곳에 놔둔 거였어요.

리비는 놀란 눈으로 파이틀을 가만히 쳐다봤어요.

"아니, 저게 뭐지? 진짜로 파이틀이 있었던 거야? 근데 내 거는 모두 부엌 찬장에 있는데. 난 쓴 적이 없는데! 음……. 다음에 손님을 초대하고 싶을 때에는 타비사를 불러야겠어!"

18. 진저와 피클 이야기

옛날 어느 마을에 가게가 하나 있었답니다. 창문 위에는 '진저와 피클'이라고 적혀 있었죠.

인형들에게 딱 어울릴 만한 크기의 작은 가게였는데, 요리사 인형인 제인과 루신더는 늘 이곳에서 장을 봤어요. 그리고 가게 안 계산대는 토끼들한테 알맞은 높이였죠. 진저와 피클은 붉은색 작은 점무늬 손수건을 1페니 3파딩에 팔았어요. 그리고 설탕, 코담배, 덧신도 팔았죠. 비록 가게는 작았지만 신발 끈에 머리핀, 양갈비까지 없는 게 없었답니다. 급하게 필요한 몇 가지만 빼고 말이죠.

가게는 진저와 피클이 꾸려갔어요. 진저는 노란색 수고양이였고 피클은 테리어 개였죠. 토끼들은 항상 피클을 무서워했답니다. 가게에는 생쥐들도 손님으로 드나들었는데, 진저를 훨씬 더 무서워했죠.

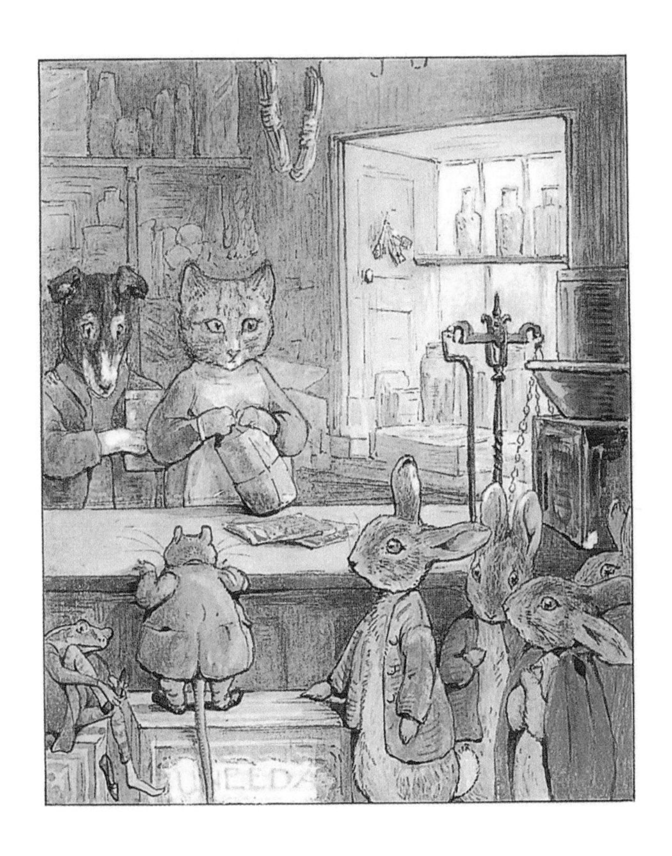

진저는 생쥐들이 물건을 사러 오면 보통 피클한테 주문을 받게 했어요. 왜냐하면 생쥐들을 보면 입에 자꾸 군침이 돌거든요.

"생쥐들이 작은 꾸러미를 들고 가게 문을 나갈 때면 도저히 참을 수가 없어."

진저가 말했어요.

"나도 생쥐들을 보면 그래. 그래도 우리 손님인데 잡아먹을 수는 없잖아. 그랬다가는 다시는 우리 가게에 안 올걸. 모두 타비사 트위칫네 가게로 가겠지."

피클이 대답했어요.

"아니면 두 군데 다 안 갈지도 몰라."

진저는 어두운 얼굴로 대답했어요.

(마을에는 '진저와 피클'을 빼면 타비사 트위칫네 가게밖에 없었어요. 하지만 타비사는 물건을 외상으로 팔지 않았죠.)

진저와 피클은 얼마든지 외상을 줬어요.

'외상'이란 바로 이런 거예요. 손님이 비누를 산 다음에 지갑에서 돈을 꺼내는 대신 나중에 돈을 주겠다고 말하는 거죠. 그러면 피클은 깍듯하게 인사를 하면서 "네, 그러세요"라고 말하고는 장부에 적었어요. 그래서 손님들은 진저와 피클을 무서워하면서도 계속 물건을 사러 왔답니다.

하지만 돈을 넣어두는 가게 서랍에는 늘 돈이 없었죠.

손님들은 매일 우르르 몰려와서 많은 물건을 샀어요. 특히 토피 사탕을 찾는 손님이 많았죠. 하지만 항상 돈은 없었어요. 손님들은 1페니짜리 박하사탕도 절대로 돈을 지불하지 않았거든요.

그래도 물건은 엄청나게 잘 팔렸답니다. 타비사 트위칫네보다 10배는 더 팔렸죠.

진저와 피클은 늘 돈이 없어서 자신들의 가게 물건을 먹어야 했어요. 피클은 비스킷을 먹었고 진저는 조그마한 마른 대구를 먹었죠. 하루 장사가 끝난 뒤에 촛불을 켜놓고 먹었어요.

1월 1일이 되었는데도 여전히 돈이 없었어요. 그래서 피클은 개 허가증을 살 수가 없었죠.

"걱정이야. 경찰한테 들키면 어떻게 하지."

피클이 말했어요.

"테리어 개로 태어난 너 운명이지 뭐. 고양이인 나나, 양치기 개인 캡은 허가증 같은 거 필요 없는데 말이야."

"너무 불안해. 불려 가면 어떻게 하지. 우체국에서 외상으로 허가증을 구하려고 했는데 잘

안 됐어. 우체국에는 곳곳에 경찰들이 깔려 있거든. 집에 오다가도 한 명 만났다니까."

피클이 잠시 말을 멈췄다가 다시 말했어요.

"진저! 새뮤얼 위스커스한테 다시 청구서를 보내보자. 베이컨 값으로 외상이 22실링 9페니나 있어."

"갚을 생각이 전혀 없는 거 같은데."

진저가 대답했어요.

"내 생각에는 애나 마리아가 물건을 슬쩍하는 거 같아. 크림 크래커가 죄다 어디 갔겠어?"

"네가 다 먹었잖아."

진저가 말했어요.

진저와 피클은 가게 뒤쪽 거실로 들어가서 장부 정리를 시작했답니다. 금액을 더하고, 더하고, 또 더했죠.

"새뮤얼 위스커스는 외상 내역이 자기 꼬리만큼이나 기네. 지난 10월부터 가져간 코담배가 50그램이나 돼."

"버터 7파운드 값 1실링 3펜스는 뭐지? 그리고 봉랍 하나와 성냥 네 개는 또 뭐야?"

"청구서에 '감사합니다'라고 적어서 모두한테 보내자."

진저가 대답했어요.

TOILET SOAP

잠시 후에 뭔가가 문을 밀고 들어오는 것 같은 소리가 들렸어요. 진저와 피클이 가게 뒤쪽 거실에서 나와 보니, 계산대에 편지 봉투가 하나 놓여 있었죠. 그리고 경찰관 한 명이 공책에 뭔가를 적고 있는 거예요!

피클은 흥분해서 짖고, 또 짖으면서 조금씩 돌진했어요.

"피클! 물어! 물어버리라고! 그냥 독일제 인형일 뿐이야!"

진저는 커다란 설탕 통 뒤에서 씩씩거리며 외쳤어요.

경찰은 공책에 뭔가를 계속 적어 내려갔어요. 연필을 자신의 입에 두 번 넣었다가 빼서는 당밀 안에 한 번 집어넣었죠.

피클은 목이 쉴 때까지 짖어댔답니다. 하지만 경찰은 신경도 쓰지 않았죠. 그는 눈에 구슬이 박혀 있었고, 헬멧에는 스티치 모양으로 바느질이 되어 있었어요.

마침내 피클이 가게 안으로 돌진해 들어갔어요. 하지만 가게는 텅 비어 있었죠. 경찰은 이미 사라지고 없었거든요. 하지만 봉투는 그대로 놓여 있었답니다.

"진저, 살아 있는 진짜 경찰을 데리러 갔을까? 소환장이면 어떻게 하지."

피클이 말했어요.

"아니야. 지방세랑 국세야. 3파운드 19실링 11페니 3파싱이야."

진저가 봉투를 열어보더니 대답했어요.

"이제 더는 안 되겠어. 가게 그만하자."

피클이 말했어요.

진저와 피클은 가게 문을 아예 닫고 떠났답니다. 하지만 그리 멀지 않은 곳으로 이사를 갔죠. 사실 어떤 사람들은 그들이 아주 멀리 가버리기를 바랐지만요.

진저는 토기 사육장에서 살고 있었어요. 거기서 무슨 일을 하는지는 모르겠지만 일단 살도 좀 찌고 편안해 보였죠.

피클은 현재 사냥터지기랍니다.

진저와 피클이 가게 문을 닫자, 불편한 점이 아주 많았어요. 타비사 트위칫은 바로 물건값을 반 페니씩 올렸고 여전히 외상은 주지 않았죠.

물론 상인들이 수레를 끌고 오기는 했어요. 정육점 주인이나 어부, 티머시네 빵집 수레들이었죠. 하지만 씨앗 케이크와 카스텔라, 버터빵만 먹고 사는 건 아니잖아요. 티머시네 빵집처럼 카스텔라가 아무리 맛있다고 해도 말이죠.

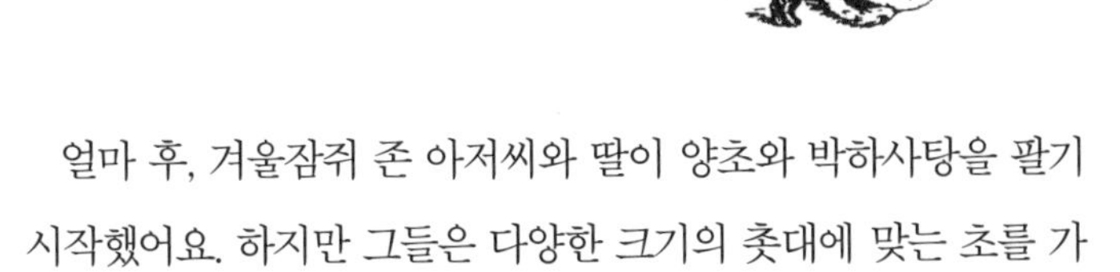

얼마 후, 겨울잠쥐 존 아저씨와 딸이 양초와 박하사탕을 팔기 시작했어요. 하지만 그들은 다양한 크기의 촛대에 맞는 초를 가지고 있지 않았죠. 더군다나 약 18센티미터짜리 양초를 하나 나르려면 생쥐 다섯 마리가 달라붙어야 했답니다.

게다가 존 아저씨네 양초는 날씨가 따뜻하면 모양이 아주 이상하게 변했어요.

손님들이 문제가 있는 양초를 들고 가서 반품하려 해도 존 아저씨의 딸이 받아주지 않았죠.

존 아저씨한테 불만을 이야기하면 아저씨는 침대에 누워서 "아, 포근해!"라고만 말했답니다. 그렇게 장사를 하면 안 되는데 말이죠.

그래서 암탉 샐리 헤니페니가 가게를 다시 연다는 포스터를 붙이자, 다들 기뻐했어요.

개업 기념 세일!

대규모 협동조합식 잡화점!

저렴한 가격!

어서 와서 구경하고 사가세요!

포스터는 동물들의 큰 관심을 끌었답니다.

가게 문을 연 첫날, 손님들이 몰려들었어요. 가게는 손님들로 꽉 들어찼고 비스킷 통 위에는 쥐들이 떼로 몰려 있었죠.

샐리 헤니페니는 거스름돈을 세느라 허둥지둥했지만 그래도 물건값을 바로 현금으로 받으려고 했어요. 그렇다고 손님들의 기분을 상하게 하지는 않았죠.

가게에는 값이 싸면서도 품질 좋은 다양한 물건을 진열해놨어요. 그리고 샐리의 가게에는 모두를 즐겁게 하는 뭔가가 있었답니다.

19. 꼬마 돼지 로빈슨 이야기

1

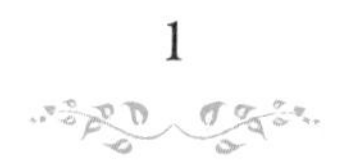

어렸을 때, 휴일이면 바닷가에 가곤 했답니다. 우리가 묵었던 작은 마을에는 항구가 있어서 고깃배와 어부들을 볼 수 있었죠. 어부들은 먼 바다에 나가 그물로 청어를 잡았어요. 어떤 배들은 청어를 몇 마리 잡지 못한 채 항구로 돌아왔고, 어떤 배들은 너무 많이 잡아서 부두에 다 내려놓지 못하는 경우도 있었죠. 그럴 때면 고기를 가득 실은 배를 맞이하기 위해 말이 끄는 수레들이 썰물 때에 맞춰 물살이 얕은 곳까지 나갔답니다. 어부들이 삽으로 생선을 퍼서 배 옆에 댄 수레로 던지면, 수레는 바로 기차역으로 갔죠. 기차역에는 생선을 나르는 특별 열차가 기다리고 있었거든요.

고깃배들이 청어를 가득 싣고 들어올 때면 항구는 흥분의 도가니에 빠졌어요. 마을 사람들 절반이 부두로 달려 나갔죠. 고양이도 물론이고요.

그중에는 수전이라는 하얀 고양이도 있었답니다. 수전은 배를 마중 나가는 일을 한 번도 거른 적이 없었죠. 수전의 주인은 어부 샘 할아버지의 아내인 벳시 할머니였어요. 벳시 할머니는 관절염을 앓고 있었고, 가족이라고는 수전과 암탉 다섯 마리밖에 없었죠. 난롯가에 앉아 있다가 석탄을 더 넣거나 냄비를 저을 때면 허리가 아파서 "아이고! 아이고!" 하면서 신음 소리를 냈답니다.

수전은 벳시 할머니 맞은편에 앉아 있었어요. 할머니의 그런 모습을 보면 마음이 아파서 자기가 석탄을 넣거나 냄비를 저을 줄 알면 좋겠다고 생각했죠. 샘 할아버지가 고기를 잡느라 먼 바다에 나가 있는 동안, 벳시 할머니와 수전은 온종일 난롯가에 앉아 있었어요. 차와 우유를 마시면서요.

"수전! 도저히 못 기다리겠다. 나가서 할아버지 배가 들어오나 한번 봐봐."

수전은 나갔다 들어왔다 하면서 정원을 서너 번 들락거렸어요. 마침내 오후 늦게야 바다 멀리서 들어오는 고깃배들의 돛이 보였죠.

"항구에 가서 할아버지한테 청어 여섯 마리만 달라고 하거라. 그걸로 저녁 요리를 해야겠구나. 수전, 바구니도 가져가고."

수전은 바구니를 들고, 벳시 할머니가 쓰던 보닛 모자와 작은 격자무늬 숄도 걸쳤어요. 나는 수전이 항구로 급히 달려가는 모습을 쳐다봤답니다.

다른 고양이들도 집 밖으로 나와 해변으로 이어진 가파른 길을 뛰어 내려가고 있었어요. 오리들도 마찬가지였죠. 내 기억에 오리들은 머리털이 빵모자처럼 생긴 게 무척 특이했답니다. 다들 배를 맞이하러 서둘러 갔어요. 거의 모두가 항구로 달려갔죠. 항구 반대쪽으로 가는 사람은 딱 한 명이었어요. 스텀피라는 개였는데, 종이 꾸러미를 입에 물고 가고 있었죠.

어떤 개들은 생선을 안 좋아하기도 하죠. 스텀피는 정육점에서 자신과 밥, 퍼시, 로즈가 먹을 양갈비를 사오는 길이었답니다. 스텀피는 꼬리가 짧은 갈색 개로, 몸집이 컸으며 매사에 진지했고 예의가 발랐어요. 리트리버 사냥개 밥과 고양이 퍼시, 집안일을 하는 로즈 아가씨와 함께 살았죠. 스텀피의 주인은 돈이 아주 많은 늙은 신사였는데, 스텀피가 살아 있는 동안 일주일에 10실링씩 받을 수 있게 유산을 남겼어요. 그 덕에 스텀피와 밥, 퍼시는 작고 예쁜 집에서 다 같이 살 수 있게 됐죠.

스텀피는 곁눈질로 수전을 보면서 꼬리를 흔들었답니다. 하지만 걸음은 멈추지 않았죠. 양갈비를 싼 종이 꾸러미를 떨어뜨릴까 봐 고개를 숙여 인사를 하거나 "안녕하세요!"라고 말을 할 수가 없었거든요. 그는 브로드 거리를 벗어나서 우드바인 길로 들어섰어요. 바로 거기에 그의 집이 있었죠. 스텀피는 앞문을 밀고 집 안으로 사라졌고, 곧 요리 냄새가 풍겨 나왔어요. 분명히 스텀피와 밥, 로즈 아가씨가 양갈비 요리를 맛있게 먹었을 거예요.

그런데 퍼시는 저녁 식사 시간에 보이지 않았어요. 창문으로 몰래 빠져나가서 다른 고양이들처럼 고깃배를 마중 나갔거든요.

수전은 브로드 거리를 서둘러 걸어가다가 항구로 가는 지름길인 계단으로 내려갔답니다. 계단은 너무 가파르고 미끄러워서 고양이처럼 바닥에 발을 잘 디디지 못하면 지나가기가 어려웠죠. 그래서 오리들은 영리하게도 해안선을 따라 난 길을 택했어요. 수전은 어려움 없이 재빨리 아래로 내려갔어요. 높다란 집 뒤편으로 어둡고 끈적끈적한 마흔세 개의 계단이 있었죠.

밑에서 밧줄과 선박 방수제 냄새가 올라왔고 꽤나 시끌벅적한 소리도 들렸답니다. 계단 아래에는 항만 안쪽의 항구 옆으로 부두와 승선장이 있었거든요. 지금은 썰물이어서 바닷물이 빠져 있었고, 배들은 갯벌에 정박해 있었어요. 배 몇 척은 부두 옆에, 다른 배들은 방파제 안에 닻을 내리고 있었죠.

계단 근처에서는 지저분한 석탄선 두 척이 석탄을 내리고 있었어요. 선덜랜드의 마저리 도 호와 카디프의 제니 존스 호였죠. 남자들은 외발 손수레에 석탄을 가득 싣고 널빤지 위를 달려갔어요. 석탄을 푸는 부삽은 기중기에 매달려 해안에서 흔들리다가, '쿵쿵' 부딪치는 소리와 함께 석탄을 비워냈죠.

저만치 있는 부두에서는 파운드 오브 캔들스 호가 갖가지 짐을 싣고 있었어요. 짐짝들, 포장된 상자들, 나무와 금속으로 된 대형 통들……. 온갖 종류의 물건을 짐칸에 싣고 있었죠. 선원들과 일꾼들이 소리를 질러댔고, 철커덕철커덕 쇠사슬 부딪치는 소리가 들렸어요. 수전은 시끄러운 사람 무리를 지나갈 기회만 엿봤답니다. 파운드 오브 캔들스 호의 갑판에 사과주를 싣느라, 사과주가 담긴 나무통이 허공에 매달린 채 흔들리고 있었죠.

돛대 위에 앉아 있던 노란 고양이 한 마리도 그 나무통을 보고 있었어요.

밧줄이 도르래를 통과하자, 나무통이 마술처럼 선원이 기다리고 있는 갑판 쪽으로 내려갔어요.

"조심해! 머리 조심! 저만큼 떨어져 있어!"

갑판에 서 있던 선원이 말했어요.

"꿀꿀, 꿀꿀!"

조그마한 분홍 돼지가 파운드 오브 캔들스 호 갑판을 여기저기 뛰어다니며 꿀꿀거렸어요.

돛대 위에 앉아 있던 노란 고양이가 꼬마 분홍 돼지를 쳐다봤어요. 그리고 부두에 서 있던 수전에게 윙크를 했죠.

수전은 갑판 위에 돼지가 있는 것을 보고 깜짝 놀랐지만 걸음을 서둘렀답니다. 쏟아지는 석탄과 기중기 사이를, 손수레를 모는 남자들을, 온갖 시끄러운 소리와 냄새들을 요리조리 피하며 부두를 따라 걸었어요. 그리고 생선 경매장과 생선 상자들, 생선을 선별하는 사람들, 나무통들을 지나갔죠. 나무통에는 여자들이 청어와 소금을 채워 넣고 있었어요.

갈매기들이 배 쪽으로 급

강하하면서 끼룩끼룩 무섭게 울어댔어요. 수백 개의 생선 상자와 수톤의 신선한 생선들을 작은 증기선에 싣고 있었죠. 수전은 지름길인 항구 바깥쪽 해변으로 이어지는 계단으로 내려갔고, 드디어 사람들에게서 벗어나서 기뻤답니다. 오리들도 뒤이어 꽥꽥거리면서 뒤뚱뒤뚱 걸어서 도착했죠. 샘 할아버지의 배인 벳시 티민스 호는 청어를 가득 싣고 배들 중 맨 마지막으로 들어왔어요. 그리고 방파제를 둘러 들어와서는 뭉툭한 배의 앞부분을 자갈이 깔린 해변으로 들이밀었죠.

샘 할아버지는 신이 나 있었답니다. 청어를 많이 잡았거든요. 샘 할아버지는 항해사와 두 젊은이와 함께 청어를 수레에 싣기 시작했어요. 바닷물이 빠져서 배가 부두까지 들어오기 힘들었거든요. 배에는 청어가 가득했어요.

사실 지금까지 많이 잡든 아니든, 샘 할아버지가 한 움큼의 청어를 수전한테 던져주지 않은 적은 한 번도 없었어요.

"우리 두 할머니들 저녁거리, 여기 있다! 옜다, 수전, 정말이야! 그리고 여기, 네가 먹을 부러진 생선이다! 자, 나머지 생선은 벳시 할머니

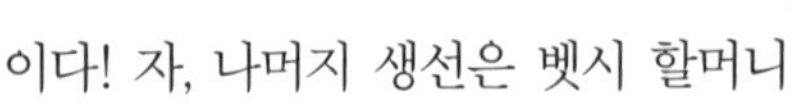

한테 가져다줘."

오리들은 꽥꽥 소리를 지르면서 주위를 첨벙거리고 다녔어요. 그리고 갈매기들은 끼룩끼룩 무섭게 울어대면서 배 주변으로 급강하했죠. 수전은 청어가 가득 든 바구니를 들고 계단을 올라가서 뒷골목들을 지나 집으로 갔답니다.

벳시 할머니는 자신과 수전의 몫으로 청어 두 마리를 요리했어요. 그리고 샘 할아버지가 집에 와서 먹을 수 있게 두 마리를 더 요리했죠. 그런 뒤 욱신거리는 관절을 마사지하려고 플란넬 페티코트로 둘둘 감은 뜨거운 병을 가지고 잠자리에 들었답니다.

샘 할아버지는 저녁을 먹고 난롯가에서 담배를 한 대 피운 뒤에 잠자리에 들었어요. 하지만 수전은 생각에 잠긴 채로 난롯가에 오랫동안 앉아 있었죠. 수전은 많은 것을 생각했어요. 생선, 오리, 다리를 저는 퍼시, 양갈비를 먹는 개들, 배 위에 있던 노란 고양이와 돼지……. 수전은 파운드 오브 캔들스 호에서 본 돼지가 아무래도 이상했답니다.

생쥐들이 찬장 문 아래로 몰래 내다봤어요. 재들이 난롯가에 내려앉았죠. 수전은 잠을 자면서 부드럽게 가르랑거렸고, 생선과 돼지들이 나오는 꿈을 꿨어요. 수전은 돼지가 왜 배를 탔는지 이해할 수 없었죠. 하지만 나는 그 돼지를 잘 알고 있답니다!

2

아름다운 연두색 배를 탄 올빼미와 고양이에 대한 노래* 기억하나요? 그들은 어떻게 꿀과 많은 돈을 5파운드짜리 지폐에 싸서 가져갔을까요?

그들은 일 년하고도 하루 동안 먼 바다로 배를 저어갔다네
봉나무가 자라는 땅으로—
그곳 숲에는 꼬마 돼지 한 마리가 서 있었다네
코에 코걸이를 했지, 코에—
코에 코걸이를 했다네

지금부터 그 돼지에 대해 얘기해줄게요. 어쩌다가 봉나무 섬에서 살게 됐는지를요.

그 돼지는 어렸을 때, 데번셔 주의 포큼 돼지 농장에서 고모 둘과 함께 살았어요. 고모들의 이름은 도르카스와 포르카스였죠. 그들의 아늑한 초가집은 데번셔의 가파른 붉은색 길을 따라 올라가면 나오는 과수원 안에 있었어요.

그곳에는 붉은 흙과 초록 풀밭이 있었고, 저 멀리 아래로 붉은색 절벽과 밝게 빛나는 푸른 바다가 보였죠. 하얀 돛을 단 배들은

* 에드워드 리어의 시 〈올빼미와 고양이〉를 가리킨다.

바다를 가로질러 스타이마우스 항구로 들어왔어요.

내가 볼 때 데번셔에 있는 농장들은 이름이 다 이상했고 포쿰 돼지 농장에 사는 사람들도 아주 기이했답니다. 만약 포쿰 돼지 농장을 한 번이라도 본다면 다 그렇게 생각할 거예요! 도르카스 고모는 뚱뚱한 얼룩 돼지였는데 암탉을 키웠어요. 포르카스 고모는 항상 미소를 짓는 몸집이 큰 검은 돼지로 세탁일을 했죠. 여기서는 그들에 대해 할 얘기가 그리 많지 않아요. 특별할 것 없는 평범하고 넉넉한 생활을 하다가 죽어서는 베이컨이 되었으니까요. 하지만 그들의 조카 로빈슨은 돼지로는 정말 특별하고 신기한 모험을 했죠.

꼬마 돼지 로빈슨은 작고 푸른 눈에 분홍빛이 도는 하얀 피부를 가진 매력적인 친구였어요. 뺨은 통통했고 턱이 두 개였으며 코는 들창코였는데 진짜 은으로 된 코걸이를 하고 있었죠. 로빈슨은 한쪽 눈을 감고 옆으로 눈을 가늘게 떠서 보면 자기 코에 걸린 코걸이를 볼 수 있었어요.

로빈슨은 늘 만족했고 행복했어요. 혼자서 노래를 부르고 꿀꿀거리면서 온종일 농장 여기저기를 뛰어다녔죠. 로빈슨이 돼지 농장을 떠난 뒤에 고모들은 로빈슨이 작은 소리로 부르던 노래가 그리웠어요.

누군가가 말을 걸면 로빈슨은 "꿀꿀, 꿀꿀"이라고 대답했어요. 또 이야기를 들을 때에는 고개를 한쪽으로 기울이고 한쪽 눈을 찡그리면서 "꿀꿀, 꿀꿀" 하면서 소리를 냈죠.

늙은 고모들은 밥도 챙겨주고 다정하게 돌봐줬어요. 그리고 이런저런 일도 시켰죠.

"로빈슨! 로빈슨!"

도르카스 고모가 불렀어요.

"얼른 와! 암탉 우는 소리가 들렸어. 가서 달걀 좀 가져와! 깨뜨리면 안 돼!"

"꿀꿀, 꿀꿀!"

로빈슨이 프랑스 꼬마처럼 대답했어요.*

---

* 베아트릭스 포터는 돼지 울음소리를 'wee'로 표현했는데, 프랑스어에서 '예'를 뜻하는 'oui'와 발음이 비슷하여 로빈슨을 '프랑스 꼬마'에 비유했다.

"로빈슨! 로빈슨! 빨래집게를 떨어뜨렸어. 와서 좀 주워줘!"

포르카스 고모가 빨래를 너는 풀밭에서 소리쳤어요. 포르카스 고모는 몸을 숙여서 뭔가를 줍기에는 살이 너무 쪘거든요.

"꿀꿀, 꿀꿀!"

로빈슨이 대답했어요.

포큼 돼지 농장에서 시작한 붉은색 흙길은 키 작은 초록 풀밭과 데이지들 사이를 지나서 여러 들판으로 뻗어나갔답니다. 그 흙길이 한쪽 들판에서 다른 들판으로 이어질 때마다 산울타리가 나왔는데, 모든 산울타리에는 층계형 출입구들이 있었죠. 그런데 스타이마우스 근처의 층계형 출입구들은 모두 좁았고, 고모 두 분은 아주 뚱뚱했어요.

"내가 뚱뚱한 게 아니야. 입구가 너무 좁은 거야. 내가 같이 안 왔으면 너라도 지나갔을까?"

도르카스 고모가 포르카스 고모한테 말했어요.

"아니. 나도 2년 동안 못 지나 다녔잖아. 아! 짜증나! 하필이면 장날 바로 전날에 마부의 당나귀 수레가 뒤집어질 게 뭐람! 게다가 달걀 열두 개가 겨우 2펜스라니! 들판을 가로질러가지 않고 길을 따라서 죽 걸어가면 얼마나 멀까?"

포르카스 고모가 말을 멈추고 한숨을 쉬더니 다시 말을 이었어요.

"가는 데만 6킬로미터는 되겠지. 비누도 다 써버렸는데. 장을 어떻게 보지? 당나귀 말로는 수레를 고치려면 일주일은 걸릴 거라던데."

"밥을 안 먹으면 그래도 넌 간신히 지나갈 수 있지 않을까?"

"아니, 못해. 아마 출입문 사이에 그대로 끼어버릴걸. 도르카스 너도 그럴 거고."

포르카스 고모가 말했어요.

"이건 어때? 그러니까……."

도르카스 고모가 입을 열었어요.

"로빈슨을 보내자고? 오솔길을 따라서 스타이마우스까지 갔다 오라고?"

포르카스 고모가 도르카스 고모의 말을 받아서 말했어요.

"꿀꿀, 꿀꿀!"

로빈슨이 대답했어요.

"로빈슨이 나이에 비해 똘똘하기는 해도 혼자 보내는 건 좀 불안한데."

포르카스 고모가 말했어요.

"꿀꿀, 꿀꿀!"

"다른 방법이 없잖아."

도르카스 고모가 말했어요.

결국 고모들은 로빈슨을 아주 조금 남은 비누와 함께 빨래통에 집어넣었어요. 로빈슨은 때를 빡빡 밀고 물기 없이 몸을 닦아서 아주 말쑥하니 빛이 났죠. 그런 뒤에 작은 파란색 면 드레스에 속바지를 입었어요. 고모들은 커다란 장바구니를 주면서 스타이마우스에서 장을 봐오라고 했어요.

장바구니 안에는 달걀 스물네 개, 수선화 한 다발, 봄에 수확한 콜리플라워 두 개가 들어 있었답니다. 또한 로빈슨이 먹을 잼 샌드위치도 있었죠. 로빈슨은 시장에서 달걀과 수선화, 콜리플라워를 판 뒤 다른 물건들을 사와야 했어요.

"로빈슨! 스타이마우스에서 정신 똑바로 차려야 해. 화약 조심하고. 배의 요리사들이랑 가구 운반차들, 소시지, 신발, 배, 봉랍……. 다 조심해. 그리고 세제, 비누, 수선용 털실 사오는 거 잊지 말고. 음, 또 뭐가 있지?"

도르카스 고모가 말했어요.

"수선용 털실, 비누, 세제, 이스트……. 또 뭐가 있더라?"

포르카스 고모가 말했어요.

"꿀꿀, 꿀꿀!"

로빈슨이 대답했어요.

"세제, 비누, 이스트, 수선용 털실, 양배추 씨앗……. 다섯 가지밖에 안 되네. 여섯 가지였는데. 로빈슨 손수건 귀퉁이는 네 번 매듭을 묶을 수 있잖아. 근데 그것보다 두 가지가 더 많았던 걸로 기억하는데. 그러니까 살 게 여섯 가지였는데……."

포르카스 고모가 말했어요.

"알았다! 차를 빼먹었어! 그러니까 차, 세제, 비누, 수선용 털실, 이스트, 양배추 씨앗. 대부분 멈비 아저씨네 가게에서 살 수 있을 거야. 로빈슨, 아저씨한테 당나귀 수레에 대해 잘 말씀드리고. 아저씨한테 다음 주에 세탁물과 채소를 더 많이 가져다줄 거라고 얘기해."

"꿀꿀, 꿀꿀!"

로빈슨은 커다란 장바구니를 들고 길을 나서면서 대답했어요.

도르카스 고모와 포르카스 고모는 현관에 서 있었어요. 고모들은 로빈슨이 들판을 내려가서 첫 번째 층계형 출입구를 무사히 통과한 뒤 시야에서 사라지는 것을 지켜봤죠. 집안일을 다시 시작한 고모들은 꿀꿀거리며 투덜댔어요. 로빈슨을 혼자 보낸 게 아무래도 마음에 걸렸거든요.

"로빈슨을 보내지 말걸. 넌 그놈의 세제가 뭐가 중요하다고!"

도르카스 고모가 말했어요.

"내 세제만 있었어? 달걀하고 수선용 털실은?"

포르카스 고모가 맞받아쳤어요. 그리고 다시 말을 이었죠.

"아, 마부랑 당나귀 수레 짜증나! 하필 장날 전날에 도랑에서 넘어질 게 뭐야?"

3

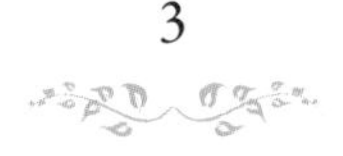

들판을 가로질러가도 스타이마우스까지는 먼 길이었어요. 하지만 오솔길이 계속 내리막길이어서 로빈슨은 즐거웠답니다. 로빈슨은 아침 날씨가 좋아서 기분이 좋았고 조그맣게 노래를 불렀어요. 그리고 "꿀꿀, 꿀꿀!" 하면서 싱긋 웃었죠. 하늘 높은 곳에서 종달새도 노래를 부르고 있었어요.

더 높은 곳에, 푸른 하늘 저 높은 곳에 커다란 흰 갈매기가 커다랗게 원을 그리며 날아가고 있었어요. 갈매기들의 거친 울음 소리도 저 높은 곳에서 땅에 내려앉을 때쯤에는 부드러워졌죠. 한껏 뽐내는 듯한 떼까마귀들과 생기발랄한 갈까마귀들이 데이지와 미나리아재비 사이 풀밭을 거들먹거리며 걸어 다녔어요. 새끼 양들도 '음매' 하고 울면서 뛰어다녔어요. 어미 양이 로빈슨 쪽으로 고개를 돌렸답니다.

"꼬마 돼지야, 스타이마우스에서는 정신 똑바로 차려야 해!"

어미 양이 말했어요.

로빈슨은 숨이 차고 몸에서 열이 날 정도로 빨리 걸었어요. 그는 다섯 개의 커다란 들판을 지났고, 그때마다 층계형 출입구들도 지나야 했죠. 계단으로 된 출입구, 사다리 모양으로 된 출입구, 나무 기둥으로 된 출입구를 지났어요. 그중에는 무거운 바구니를 들고 지나가기 무척 힘든 곳도 있었죠. 로빈슨이 뒤를 돌아보니 이제 포큼 돼지 농장이 보이지 않았어요. 로빈슨 앞에는 저 멀리 농지와 절벽 너머로, 절대 가깝지 않은 거리에 검푸른 바다가 마치 벽처럼 펼쳐져 있었답니다.

로빈슨은 햇살이 비추는 산울타리 옆에 앉아서 쉬었어요. 머리 위에는 노란 갯버들 꽃이 피어 있었죠. 강둑에는 앵초꽃이 만발했고 이끼와 풀냄새가 은은했으며, 촉촉한 붉은 흙에서는 훈기가 올라왔어요.

"지금 밥을 먹어버리면 무겁게 들고 갈 필요가 없잖아. 꿀꿀, 꿀꿀!"

걷다 보니 로빈슨은 무척 배가 고팠고 잼 샌드위치뿐만 아니라 달걀도 하나 먹고 싶었어요. 하지만 고모들한테 가정교육을 잘 받아온 터라 그렇게 하지 않았답니다.

"지금 딱 스물네 개인데 내가 먹으면 달걀 수가 안 맞을 거야."

로빈슨이 말했어요.

로빈슨은 앵초꽃 한 다발을 꺾어서 도르카스 고모가 견본으로 준 수선용 털실로 묶었어요.

"시장에서 이 꽃다발을 팔아서 그 돈으로 사탕을 사야지. 나한테 돈이 얼마나 있지?"

주머니를 뒤지면서 로빈슨이 말했어요.

"도르카스 고모가 준 동전이 하나, 포르카스 고모가 준 동전이 하나, 또 앵초꽃을 팔면 생길 동전 하나. 와, 꿀꿀 꿀꿀! 저기 길에 누가 빨리 걸어오네! 이러다 시장에 늦겠다!"

로빈슨은 벌떡 일어났어요. 그리고 오솔길과 좀 더 넓은 도로 사이에 있는 매우 좁은 층계형 출입구로 바구니를 밀어 넣었죠. 그때 로빈슨의 눈에 말을 탄 한 남자가 보였어요. 다리가 하얀 밤색 말을 탄 페퍼릴 할아버지였는데, 그 앞에는 키가 큰 그레이하운드 두 마리가 달리고 있었죠. 그레이하운드 두 마리는 자신들이 지나는 들판의 모든 층계형 출입구를 재빨리 훑어보면서 달려왔어요.

그레이하운드 두 마리는 로빈슨에게 반갑게 달려오더니 얼굴을 핥았어요. 그리고 바구니에 뭐가 있는지 물었답니다. 그때 페퍼릴 할아버지가 개들을 불렀어요.

"파이럿! 포스트보이! 이리 와!"

페퍼릴 할아버지는 개들이 달걀을 깨서 달걀 값을 물어줘야 할까 봐 걱정이 됐거든요.

길에는 뾰족뾰족한 회색의 단단한 돌들이 새로 깔려 있었어요. 페퍼릴 할아버지가 풀밭 끝에서 밤색 말을 타고 다가와서 로빈슨에게 말을 걸었어요. 페퍼릴 할아버지는 붉은 얼굴에 수염이 하얀, 무척 상냥하고 쾌활한 노신사였답니다. 스타이마우스와 포큼 돼지 농장 사이에 있는 초록 들판과 붉은 경작지들이 모두 할아버지 거였죠.

"안녕, 안녕! 꼬마 돼지 로빈슨, 어디 가는 길이냐?"

"네, 페퍼릴 할아버지! 장에 가는 길이에요. 꿀꿀, 꿀꿀!"

로빈슨이 말했어요.

“뭐라고? 혼자 말이냐? 고모들은? 어디 아픈 건 아니지?”

로빈슨은 층계형 출입구가 너무 좁아서 자신이 혼자 장에 가게 된 얘기를 했어요.

“아이고, 저런! 너무 뚱뚱해서? 그래서 혼자 가는 길이라고? 네 고모들은 심부름을 시킬 개도 없어?”

로빈슨은 페퍼릴 할아버지의 모든 질문에 똑 부러지고 정확하게 대답했어요. 로빈슨은 나이는 어렸지만 똑똑했고 채소에 대해서도 잘 알고 있었거든요. 로빈슨은 말 바로 아래까지 재빨리 걸어가서, 반짝이는 밤색 털과 말안장을 묶은 넓은 하얀 뱃대끈, 발목에서 무릎까지 돌려서 감은 페퍼릴 할아버지의 각반, 갈색 가죽장화를 올려다봤답니다. 페퍼릴 할아버지는 로빈슨이 마음에 들어서 1페니 동전을 준 다음, 회색빛 돌들이 깔린 길의 끝에서 고삐를 그러쥐고 발뒤꿈치로 말을 살짝 찼어요.

"그럼, 꼬마 돼지야, 오늘도 잘 보내고. 고모들한테도 안부 전해주렴. 스타이마우스에서는 정신 단단히 차려야 한다."

페퍼릴 할아버지는 휘파람을 불어 개들을 부르더니 멀리 사라졌어요.

로빈슨은 길을 따라 계속 걸어갔답니다. 빼빼 마르고 지저분한 돼지 일곱 마리가 땅을 파고 있는 과수원 옆을 지나갔어요. 그런데 그 돼지들은 코에 은 코걸이가 없었어요! 개울에서는 작은 물고기들이 유유히 흐르는 물살을 헤치며 능숙하게 헤엄을 쳤고, 하얀 오리들은 무리 지어 떠 있는 물미나리아재비 사이에서 물장구를 치고 있었죠. 로빈슨은 멈춰 서서 물고기나 오리들을 다리 난간 너머로 보지도 않고 바로 스타이포드 다리를 건너갔어요. 그리고 도르카스 고모가 빻은 곡식에 대해 방앗간 주인한테 전하라는 말이 있어서 스타이포드 방앗간에 들렀죠. 방앗간 주인의 아내가 그에게 사과를 하나 주었어요.

방앗간 너머 집에는 이름이 집시인 큰 개가 있었어요. 다른 사람들한테는 컹컹 짖어댔지만 로빈슨에게만은 미소를 짓고 꼬리를 흔들었죠. 수레와 마차 몇 대가 로빈스를 앞질러 지나갔어요. 첫 번째 마차에 탄 두 명의 농부 할아버지가 몸을 돌려서 로빈슨을 쳐다봤어요. 거위 두 마리, 감자 한 포대, 양배추가 마차 뒷자리에 실려 있었죠. 그다음에는 한 할머니가 당나귀가 끄는 수레를 타고 지나갔어요. 그 수레에는 암탉 일곱 마리가 있었고, 사과 상자 아래 짚 속에는 기다란 분홍빛 장군풀 더미가 있었죠. 그다음에는 덜거덕덜거덕, 댕그랑댕그랑 하는 깡통 소리가 들리더니, 로빈슨의 사촌인 꼬마 톰 피그가 밤색과 회색 털이 섞인 조랑말이 모는 우유 배달 마차를 끌고 지나갔어요.

톰 피그는 로빈슨과 반대 방향으로 가고 있었죠. 그러지 않았다면 로빈슨을 태워줬을 거예요. 밤색과 회색 털이 섞인 조랑말은 집으로 돌아가는 길이었거든요.

"꼬마 돼지가 장에 다 가네!"

꼬마 톰 피그가 신난 듯이 소리쳤어요. 그리고 길 위에 서 있는 로빈슨을 뒤로 하고 뿌연 먼지 속으로 덜그럭거리면서 사라졌어요.

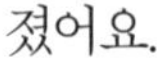

로빈슨은 계속 길을 따라 걸었고, 곧 맞은편 산울타리에 있는 층계형 출입구에 도착했답니다. 그 층계형 출입구를 지나면 들판을 따라 오솔길이 길게 나 있었죠. 로빈슨은 바구니를 앞에 들고 층계형 출입구를 지나갔어요. 처음으로 조금 불안해졌어요. 왜냐하면 그 들판에는 암소들이 있었거든요. 그 지역의 흙처럼 검붉은 색을 한 몸집이 크고 매끈한 데번종이었죠. 무리의 우두머리는 사나운 늙은 암소였는데, 뿔끝에는 둥그런 황동 장식패들이 달려 있었고, 기분 나쁜 듯 로빈슨을 빤히 쳐다봤어요.

로빈슨은 옆걸음질을 쳐서 풀밭을 가로질러갔답니다. 그리고 먼 곳에 떨어져 있는 층계형 출입구를 통해 되도록 빨리 밖으로 나왔죠. 그곳에는 새로 난 오솔길이 파릇파릇한 밀밭을 따라 나 있었어요. 그런데 누군가 '빵' 하고 총을 쐈고 로빈슨은 깜짝 놀라서 펄쩍 뛰었어요. 그 바람에 바구니에 있던 도르카스 고모의 달걀이 하나 깨져버렸답니다.

떼까마귀와 갈까마귀들이 까악까악 울면서 밀밭에서 날아올랐어요. 그리고 새들의

울음소리 속에 여러 다른 소리가 섞여서 들려왔답니다. 들판 가장자리에 서 있는 느릅나무들 사이로 보이는 스타이마우스 마을에서 나는 소리였죠. 멀리 기차역에서 들려오는 소리, 윙윙거리는 엔진 소리, 트럭들이 부딪치는 듯한 소리, 작업장에서 나는 소리, 먼 마을에서 들리는 활기찬 소리, 항구로 들어오는 증기선의 경적 소리……. 그리고 저 높은 곳에서 갈매기들의 거친 울음소리가 들려왔고, 떼까마귀들이 느릅나무 위쪽 떼까마귀 숲에서 까악거리면서 울어댔죠.

로빈슨은 드디어 들판을 벗어났고, 걷거나 수레를 타고 가는 마을 사람들 속에 섞여 들어갔어요. 모두 스타이마우스 장에 가는 길이었죠.

4

스타이마우스는 피그스타이 강어귀에 자리 잡은 작고 예쁜 마을이었어요. 붉은빛의 높은 곳으로 둘러싸인 연안으로 피그스타이 강이 유유히 흘러들고 있었죠. 마을은 항구 쪽으로 점점 기울어지는 언덕에 자리 잡고 있어서 마치 바다를 향해 미끄러질 것만 같았어요. 부두와 방파제로 막혀 있는 스타이마우스 항구로 모든 게 쏟아져 내릴 것만 같았죠.

항구 도시들이 으레 그렇듯이 마을 변두리는 지저분했어요. 서쪽 진입로에 제멋대로 자리 잡은 교외 지역에는 주로 염소들이 살았고 고철과 넝마, 선박용 밧줄, 고기잡이용 그물을 사고파는 사람들도 살았죠. 그곳에는 밧줄 제조 공장들이 있었고 조약돌이 깔린 제방 위에는 빨래들이 펄럭였으며, 해초와 쇠고둥 껍질, 죽은 게들도 널려 있었어요. 깨끗한 풀밭 위 빨랫줄에 널어놓은 포르카스 고모의 빨래와는 너무 다른 풍경이었죠.

그곳에는 작은 망원경, 방수모, 양파들을 파는 선박용품점들도 있었어요. 냄새도 많이 났고 꼭 초소처럼 생긴, 이상할 정도로 지붕이 높은 헛간도 있었는데 청어 잡이 그물을 말리려고 매달아 놓는 곳이었죠. 그리고 지저분해 보이는 집들에서 사람들이 시끄럽게 떠들어댔어요. 아무래도 가구 운반차들이 모이는 곳 같았어요. 로빈슨은 길 한가운데에 서 있었는데, 선술집에 있던 어떤 사람이 창문으로 로빈슨한테 소리쳤죠.

"어이, 뚱보 돼지! 들어와!"

로빈슨은 도망쳤어요.

스타이마우스 마을은 항구만 빼면 깨끗하고 쾌적하며 아름다웠고 주민들도 예의 발랐어요. 하지만 경사가 아주 심한 내리막길이었죠. 만약 로빈슨이 길의 제일 높은 곳에서 도르카스 고모의 달걀 하나를 아래로 굴리면, 문이나 발에 부딪혀서 깨지지 않는 한 저 밑에까지 굴러갈걸요. 장날답게 거리에는 사람들이 엄청 많았어요.

거리에서 이리저리 떠밀리지 않고 걷기는 어려웠답니다. 로빈슨이 마주친 나이 든 아줌마들은 하나같이 큰 바구니를 들고 다녔어요. 로빈슨처럼 말이죠. 차도에는 생선이나 사과를 실은 수레, 그릇과 철물을 올려놓은 좌판, 조랑말이 끄는 수레에 실린 수탉과 암탉, 짐 바구니를 나르는 당나귀들, 수레 가득 건초를 실은 농부들로 가득했어요. 게다가 부두에서는 석탄을 실은 수레들이 끊임없이 올라오고 있었죠. 온갖 소음을 듣고 있자니, 시골에서 자란 로빈슨은 정신이 하나도 없고 겁이 났어요.

하지만 포 거리에 도착할 때까지 매우 침착하게 걸어갔어요. 포 거리에서는 소몰이꾼의 개가 스텀피와 마을의 다른 개들의 도움을 받아 수송아지 세 마리를 마당으로 들여보내려고 애쓰고 있었죠. 로빈슨은 아스파라거스가 든 바구니를 든 아기 돼지 두 마리와 함께 골목길로 달아나서 시끄러운 개 짖는 소리가 사라질 때까지 문가에 숨어 있었어요.

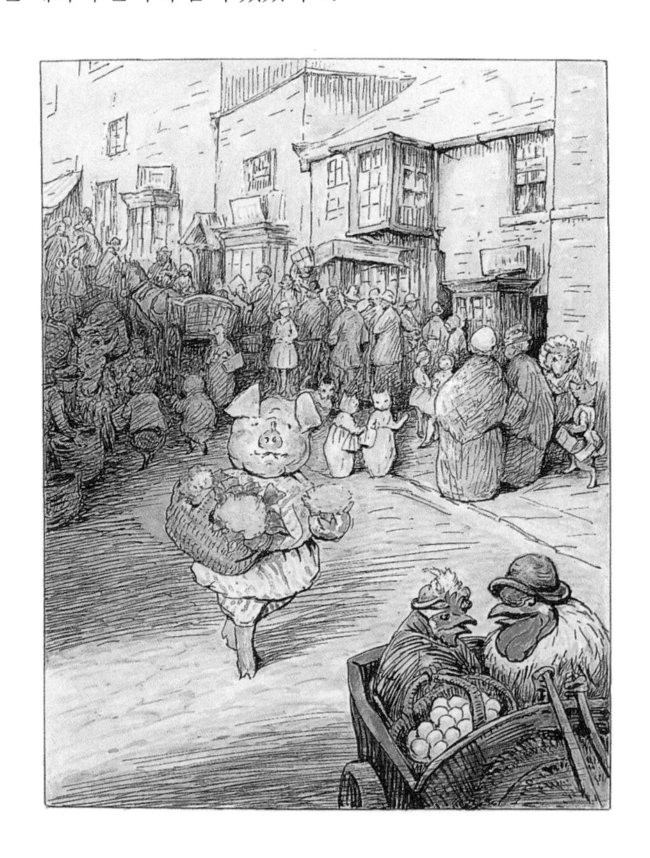

로빈슨은 마음을 다잡고 다시 포 거리로 나왔어요. 그리고 짐 바구니에 봄에 난 브로콜리를 가득 싣고 가는 당나귀 뒤를 바짝 따라가기로 마음먹었죠. 어디로 가야 장이 나올지 대충 알 것 같았어요. 여기까지 오는 데 이런저런 일로 지체됐기 때문에 로빈슨은 11시를 알리는 교회 시계 소리에도 별로 놀라지 않았죠.

장은 10시부터 열렸는데 시장에는 아직도 장을 보는 사람이 많았답니다. 시장은 아주 컸고 바람도 잘 통했으며 밝고 활기찼죠. 천장은 유리로 덮여 있었어요. 자갈이 깔린 바깥의 도로는 혼잡하고 시끄러운 데 반해, 시장은 사람들로 붐볐지만 안전하고 쾌적했어요. 무엇보다도 수레에 치일 위험이 없었죠. 시장에서는 사람들이 크게 소리를 질러댔어요. 물건을 사라고 큰 소리로 외치면 손님들이 서로 팔꿈치로 밀치면서 좌판 주위로 몰려들었죠. 유제품, 채소, 고기, 조개들이 평평한 가판대 위에 진열되어 있었어요.

로빈슨은 가져온 물건을 팔 만한 곳을 찾아냈어요. 내니 내티고트 염소 아줌마가 보라색 고둥을 팔고 있는 가판대 끄트머리였답니다.

"고둥이오, 고둥! 고둥 사세요! 고둥! 음매, 음매!"

내니 내티고트 염소 아줌마는 매애 하고 울었어요.

내니 아줌마는 팔 것이 고둥밖에 없었지만, 로빈슨이 달걀과 앵초꽃 파는 것을 질투하지 않았어요. 그리고 로빈슨의 콜리플라워가 뭔지도 잘 몰랐어요. 눈치 빠른 로빈슨은 콜리플라워를 바구니에 담아서 탁자 아래에 뒀답니다. 그는 가판대 뒤에 있는 빈 상자 위에 올라서서 매우 씩씩하고 우렁차게 노래하듯 외쳤어요.

"달걀이오! 달걀! 새로 낳은 달걀이 왔어요! 달걀과 수선화 사실 분?"

"내가 살게. 열두 개 줘. 로즈 아가씨가 장에서 달걀과 버터를 사오라고 했거든."

꼬리가 뭉툭한 커다란 갈색 개가 말했어요.

"어떡하죠? 버터는 없는데……. 스텀피 아저씨, 대신 콜리플라워가 있어요."

로빈슨이 내니 아줌마를 한 번 돌아본 뒤 바구니를 들어 올리며 말했답니다. 내니 아줌마가 콜리플라워가 어떤 건지 알면 야금야금 뜯어먹을지도 모르니까요. 다행히 내니 아줌마는 머리털이 빵모자처럼 생긴 오리한테 고둥을 파느라 컵으로 무게를 재고 있었어요.

"깨진 달걀 하나만 빼면 싱싱하니 아주 좋은 갈색 달걀이에요.

버터는 아마 반대편 좌판의 하얀색 야옹이가 팔 거예요. 이 콜리플라워도 정말 좋아요."

"콜리플라워는 내가 사마. 아이고, 조그마니 귀여운 네 들창코에 복이 가득하기를! 이 콜리플라워는 너희 정원에서 직접 키운 거니?"

벳시 할머니가 부지런히 몸을 움직이면서 말했어요. 관절염이 많이 좋아진 거 같았답니다. 집은 수전이 보고 있었죠.

"아니다, 애야. 달걀은 필요 없어. 닭을 키우고 있단다. 콜리플라워 하나랑 꽃병에 꽂게 수선화 한 다발 다오."

벳시 할머니가 말했어요.

"꿀꿀, 꿀꿀!"

로빈슨이 대답했어요.

"여기요, 퍼킨스 부인! 여기 꼬마 돼지 좀 보세요. 혼자 좌판에서 물건 팔고 있어요!"

"응? 뭐라고?"

퍼킨스 부인이 작은 소녀 둘을 따라가면서 사람들을 헤치며 소리쳤어요.

"아이고, 아니겠지? 이게 새로 낳은 달걀이라고? 혹시 달걀이 팍 깨져서 내 주일 드레스를 망치는 거 아니야? 다섯 개의 꽃 전시회에서 1등을 하기도 한 와이언도트 부인의 달걀들이 팍 하고 깨져서 판사의 검은색 비단 법복이 엉망이 됐잖아. 혹시 커피로 물들인 오리 알은 아니지? 꽃 전시회에서 그런 속임수를 썼었지! 정말 새로 낳은 게 맞아? 확실하지? 달걀 하나만 깨졌다고? 그래, 믿으마. 달걀 프라이를 해도 아무 문제없다고 말이야. 달걀 열두 개와 콜리플라워 하나 다오. 사라 폴리, 이것 좀 보거라! 꼬마 돼지가 은으로 된 코걸이를 했구나."

사라 폴리와 그녀의 친구가 킥킥거렸고 로빈슨은 얼굴이 빨개졌답니다. 로빈슨은 너무 당황해서 한 숙녀가 마지막 남은 콜리플라워를 사려고 하는지도 몰랐어요. 그 숙녀가 툭툭 쳐서야 알았죠. 이제 앵초꽃 한 다발만 팔면 됐어요. 계속 킥킥거리며 귓속말을 하던 두 소녀는 다시 로빈슨에게 오더니 앵초꽃을 샀어요. 소녀들은 로빈슨에게 1페니와 함께 박하사탕을 주었고, 로빈슨은 너무 기쁜 내색을 하지 않고 아주 예의 바르게 받았어요.

그런데 문제가 생겼어요. 앵초꽃을 팔면서 도르카스 고모가 견본으로 준 수선용 털실도 함께 줘버린 거예요. 로빈슨은 털실을 다시 돌려달라고 해야 하나 고민했어요. 하지만 퍼킨스 부인, 사라 폴리와 그녀의 친구는 이미 사라져버린 뒤였답니다.

물건을 모두 판 로빈슨은 박하사탕을 빨면서 시장 밖으로 나왔어요. 여전히 많은 사람들이 시장 안으로 밀려들어오고 있었죠. 계단을 걷다가 로빈슨의 바구니가 한 늙은 양의 솔에 걸렸고, 로빈슨이 바구니에 걸린 실을 푸는 사이 스텀피가 밖으로 나왔어요. 장보기를 마친 스텀피의 바구니에는 무거운 물건들이 가득했답니다. 스텀피는 책임감 있고 믿을 만했으며 친절했어요. 누구에게나 기꺼이 친절을 베풀었죠.

로빈슨이 스텀피에게 멈비 할아버지네 가는 길을 물었어요.

"브로드 거리를 지나서 집으로 가니까, 나랑 같이 가자. 내가 가다가 알려줄게."

"꿀꿀, 꿀꿀! 네, 고맙습니다."

로빈슨이 말했어요.

5

멈비 할아버지는 안경을 썼고 귀가 거의 안 들렸어요. 할아버지의 잡화점에는 웬만한 물건은 다 있었지만 햄은 안 팔았죠. 도르카스 고모는 그 점을 무척 마음에 들어했어요. 스타이마우스의 잡화점 중에서 롤베이컨이 천장에 주렁주렁 매달려 있지 않은 곳은 멈비 할아버지네뿐이었거든요. 그리고 혐오스러운 날것 그대로 창백한 빛깔의 가느다란 소시지를 커다란 접시에 담아서 진열대에 올려놓지도 않았죠.

"가게에 들어갈 때 햄에 머리를 부딪치면 뭐가 즐겁겠어? 사랑하는 육촌의 살점일 수도 있잖아?"

고모들은 이렇게 말하면서 멈비 할아버지네 가게에서 차, 설탕, 비누, 성냥, 머그잔, 프라이팬, 세제를 샀어요.

멈비 할아버지는 그 밖에 다른 것도 많이 팔았고, 가게에 없는 물건은 주문을 해줬답니다. 하지만 이스트는 무척 신선해야 해서 팔지 않았죠. 멈비 할아버지는 로빈슨한테 이스트는 빵집에서 사라고 권했어요. 그리고 사람들이 이미 씨를 다 뿌려버렸다면서 양배추 씨앗을 사기에는 너무 늦었다고도 했죠. 수선용 털실은 팔기는 했지만 무슨 색깔을 사야 하는지 로빈슨이 그만 잊어버려서 살 수가 없었어요.

로빈슨은 앵초꽃을 판 돈으로 끈적끈적하니 맛있는 엿 여섯 개를 샀어요. 그리고 멈비 할아버지가 고모들한테 전하는 이야기를 주의 깊게 들었답니다. 다음 주에 당나귀 수레를 고치면 양배추를 어떻게 보내야 하는지, 어쩌다가 아직도 주전자를 못 고쳤는지, 상자 모양의 다리미가 새로 나와서 포르카스 고모한테 추천한다는 등의 이야기였죠.

로빈슨은 "꿀꿀, 꿀꿀" 하면서 멈비 할아버지의 이야기를 계속 들었어요. 카운터 뒤 의자에 서 있던 강아지 팁킨스가 파란 종이 봉투에 장본 것들을 넣어 묶으면서 로빈슨에게 속삭였죠.

"올봄에 포큼 돼지 농장의 헛간에 쥐들이 있었어? 로빈슨은 토요일 오후에 뭐할 거야?"

"꿀꿀, 꿀꿀!"

로빈슨이 대답했어요.

로빈슨은 무거운 짐을 잔뜩 들고 멈비 할아버지네에서 나왔어요. 엿이 맛있어서 기분은 좋았지만 이스트와 양배추 씨앗, 수선용 털실이 문제였죠. 로빈슨은 주위를 불안하게 둘러보다가 벳시 할머니를 다시 만났답니다.

"꼬마 돼지야, 복 많이 받거라! 근데 아직도 집에 안 갔어? 스타이마우스에서 그렇게 서 있다가는 소매치기 당하기 쉽단다."

할머니가 소리쳤어요.

로빈슨은 수선용 털실을 사야 하는데 아직 못 샀다고 말했어요. 그러자 친절한 벳시 할머니가 기꺼이 도와줄 기세였죠.

"아, 그 작은 앵초 꽃다발을 묶었던 실 말이구나. 내가 샘한테 마지막으로 짜준 양말과 같은 색이었어. 푸른빛이 도는 회색이었지. 나랑 같이 플리시 플락이 하는 양털 가게로 가자꾸나. 내가 색깔을 기억하고 있단다. 그럼 기억하고말고!"

벳시 할머니가 말했어요.

플락 아줌마는 아까 로빈슨과 부딪쳤던 양이었어요. 시장에서 순무 세 개를 산 뒤, 가게 문을 닫은 사이에 손님이 왔다가 가버릴까 봐 바로 집으로 온 것 같았죠.

그런데 세상에! 가게가 그렇게 정신없을 수가 없었어요! 온갖 색깔의 털실에 굵은 털실, 가는 털실, 뜨개질용 털실, 양탄자를 짜는 털실, 이것저것 뒤섞인 온갖 꾸러미로 발 디딜 틈조차 없었죠. 플락 아줌마가 헷갈려서 물건을 찾는 데 오래 걸리자 벳시 할머니가 짜증을 냈어요.

“아니, 슬리퍼를 짤 털실이 아니고 수선용 털실이 필요하다니까. 수선용 털실! 샘의 양말을 짰던 것과 같은 색깔로. 아니, 뜨개질바늘은 필요 없어요! 수선용 털실이면 돼요.”

“음매, 음매! 하얀색이라고 하셨어요? 검은색이라고 했나? 세 가닥으로 된 뜨개실을 달라고 하셨죠?”

“아이고, 회색 수선용 털실. 색깔 섞인 거 말고.”

"어딘가에 있는데……. 오늘 아침에 심 램이 유햄프턴 양털을 가져왔거든요. 그래서 가게가 꽉 차서 정신이 없네요."

플리시 플락 아줌마가 실타래와 실 꾸러미들을 뒤적이면서 힘없이 말했어요.

털실을 찾는 데 30분이나 걸렸어요. 벳시 할머니가 없었으면 로빈슨은 아마 털실을 사지 못했을 거예요.

"늦었구나. 난 그만 집에 가봐야겠다. 배를 타고 나갔던 샘 할아버지가 오늘은 집에 와서 저녁을 먹을 거거든. 저 크고 무거운 장바구니는 골드핀치 자매한테 맡기고 나머지 장을 빨리 보도록 하거라. 포큼 돼지 농장까지 가려면 오르막길을 한참 가야 하잖니."

벳시 할머니가 말했어요.

로빈슨은 벳시 할머니의 말대로 골드핀치 자매네로 향했답니다. 가는 길에 빵집에 들렀죠. 이스트를 잊지 않고 있었거든요.

그런데 안타깝게도 로빈슨이 들어간 곳은 로빈슨이 찾는 그런 빵집이 아니었어요. 빵 냄새가 구수했고 창가에는 페이스트리가 진열되어 있었지만 그곳은 식당 또는 요리 도구를 파는 상점이었죠.

로빈슨이 회전문을 열고 안으로 들어가자, 앞치마를 두르고 요리사용 하얀 사각모를 쓴 남자가 돌아서며 말했어요.

"안녕하쇼! 뒷발로 걷는 돼지고기 파이 아니신가?"

그러자 자리에 앉아 있던 무례한 남자 네 명이 껄껄껄 웃음을 터뜨렸어요.

로빈슨은 서둘러 가게를 나왔어요. 이제 다른 빵집에 들어가는 게 겁이 났죠. 로빈슨은 생각에 잠긴 채 포 거리에 있는 다른 가게를 창문 너머로 살펴봤답니다. 그때 집에 갔다가 다시 심부름을 나온 스텀피가 로빈슨을 알아봤어요. 스텀피가 로빈슨의 장바구니를 입에 물고는 믿을 만한 빵집으로 데려갔어요. 종종 개 비스킷을 사는 곳이었죠. 로빈슨은 그곳에서 도르카스 고모의 이스트를 샀어요.

스텀피와 로빈슨은 양배추 씨앗을 찾아다녔지만 구하지 못했어요. 대신 양배추 씨앗이 있을 만한 곳에 대해 들었답니다. 부둣가에 있는 할미새 부부의 작은 가게였죠.

"같이 못 가서 미안해. 로즈 아가씨가 발목을 삐어서 말이야. 우표를 열두 장 사오라고 했는데 우편배달부가 우편물을 수거해 가기 전에 사가야 해. 이 무거운 장바구니를 들고 계단을 오르내리지 마. 이건 골드핀치 자매한테 맡겨놔."

로빈슨은 스텀피에게 무척 고맙다고 말했어요.

골드핀치 자매는 차와 커피를 파는 카페를 했는데, 도르카스 고모와 조용한 시장 사람들이 자주 이용했죠. 문 위에 달린 간판에는 작고 통통한 초록색 새가 그려져 있었어요. 그 새는 '만족스러운 검은머리방울새'라고 불렸고 카페 이름이기도 했죠. 마구간도 하나 있어서 수레를 운반하는 당나귀가 토요일마다 세탁물을 가지고 스타이마우스에 오면 거기에서 쉬었어요.

로빈슨이 무척 지쳐 보이자, 언니 골드핀치가 차 한 잔을 줬어요. 그리고 빨리 마시라고 말했죠.

"꿀꿀, 꿀꿀! 웩, 웩!"

로빈슨은 차에 코를 데였어요.

골드핀치 자매는 도르카스 고모를 존경했지만 로빈슨 혼자 장에 보낸 게 맘에 들지 않았죠. 그리고 로빈슨이 들기에 장바구니가 너무 무겁다고도 말했어요.

"우리 둘이 들어도 못 들겠다. 양배추 씨앗을 사서 빨리 와. 심 램 할아버지의 조랑말 마차가 아직 우리 마구간에서 쉬고 있어. 마차가 출발하기 전에 돌아오면 심 램 할아버지가 틀림없이 태워줄 거야. 마차 좌석 밑에 네 장바구니를 어떻게든 넣어줄 거야. 포큼 돼지 농장을 지나가거든. 그러니까 빨리 갔다 와!"

"꿀꿀, 꿀꿀!"

로빈슨이 말했어요.

"도대체 무슨 생각으로 로빈슨을 혼자 보냈는지 모르겠어. 어두워진 후에야 집에 가겠네. 클라라, 마구간에 가봐. 심 램 할아버지 조랑말한테 로빈슨 바구니를 꼭 가져가라고 해."

언니 골드핀치가 말했어요.

동생 골드핀치가 마당을 가로질러 마구간으로 날아갔어요. 골드핀치 자매는 부지런하고 쾌활한 작은 숙녀 새들이었죠. 차통에 차를 보관하는 것은 물론이고 각설탕과 엉겅퀴 씨앗도 가지고 있었어요. 탁자와 도자기 그릇들도 티끌 하나 없이 깨끗했답니다.

6

스타이마우스에는 여관이 넘쳐났답니다. 사실 너무 많았죠. 농부들은 보통 자신의 말들을 '검정 황소'나 '말과 편자공'이라는 여관에서 재웠어요. 그리고 몸집이 좀 더 작은 시장 사람들은 '돼지와 호루라기'라는 여관을 주로 이용했죠.

포 거리 모퉁이에는 '왕관과 닻'이라는 여관도 있었는데, 주로 뱃사람들이 이용했어요. 뱃사람들 몇몇이 주머니에 손을 넣고 문 앞을 서성이고 있었죠. 푸른색 셔츠를 입은 한 선원이 굳은 표정으로 로빈슨을 빤히 쳐다보면서 어슬렁어슬렁 길을 가로질러 걸어왔어요.

"어이, 꼬마 돼지! 코담배 좋아해?"

로빈슨에게 단점이 있다면 "아니요!"라고 말하지 못한다는 거예요. 심지어 고슴도치가 달걀을 훔쳐가도 아무 말 못했어요. 사실 로빈슨은 코담배나 입담배를 피우면 토할 것 같았죠. 하지만 "아니요, 괜찮아요"라고 말하고는 곧장 일을 보러 가는 대신, 한쪽 눈을 반쯤 감고 고개를 한쪽으로 기울인 채 꿀꿀거리며 발을 질질 끌고 선원에게 다가갔답니다.

선원은 뿔로 만든 코담배 상자를 꺼내서 로빈슨에게 담배를 조금 집어줬어요. 로빈슨은 도르카스 고모한테 주려고 코담배를 작은 종이에 말았죠. 그리고 나름 예의를 차리려고 선원에게 엿을 조금 주었어요. 로빈슨은 코담배를 좋아하지 않았지만, 아무튼 새로 알게 된 그 선원은 엿을 거절하지 않았죠. 그는 엿을 한 입에 넣더니 로빈슨의 귀를 잡아당기면서 칭찬을 했어요. 엿 때문에 턱이 다섯 개가 됐다고 하면서요. 선원은 로빈슨에게 양배추 씨앗을 파는 가게에 데려다주겠다고 하면서 생강 무역선 파운드 오브 캔들스 호를 로빈슨한테 보여주고 싶다고 했죠. 그 무역선은 바르너버스 부처 선장이 지휘하는 배였어요.

로빈슨은 '파운드 오브 캔들스'라는 이름이 마음에 들지 않았답니다. 동물 기름과 하얗게 굳은 돼지비계, 지글거리는 베이컨 조각들이 생각났거든요. 하지만 수줍게 미소를 지었고 발끝으로 걸으면서 그러겠다고 했죠. 그 선원이 배의 요리사라는 것을 알았어야 했는데!

로빈슨은 선원과 함께 시내 중심가를 벗어나 항구로 이어지는 가파른 좁은 길로 꺾어져 내려갔어요. 그때 멈비 할아버지가 가게 문 앞에서 걱정스러운 목소리로 "로빈슨! 로빈슨!" 하고 불렀죠. 하지만 수레 소리가 너무 시끄러웠어요. 게다가 바로 그때 손님이 들어와서 멈비 할아버지의 주의가 흩어졌고, 할아버지는 선원의 수상한 행동을 잊어버렸답니다. 안 그랬다면 가족 같은 입장에서 자신의 개 텁킨스를 보내 로빈슨을 데려왔을 거예요. 로빈슨이 사라졌을 때, 가장 먼저 경찰한테 중요한 정보를 건넨 것도 멈비 할아버지였죠. 물론 그때는 이미 늦었지만요.

로빈슨과 그의 새 친구는 항구로 가는 긴 계단을 내려갔어요. 매우 높고, 가파르고, 미끄러운 계단이었죠. 로빈슨은 아래 계단으로 내려설 때마다 펄쩍펄쩍 뛰어야 했어요. 선원은 친절하게 그의 손을 잡아주었고 둘은 손을 잡고 부두를 따라 걸었죠. 선원과 로빈슨은 즐거움으로 가득해 보였답니다.

로빈슨은 매우 흥미롭게 주변을 둘러봤어요. 전에 당나귀 수레를 타고 스타이마우스에 왔을 때 계단 너머로 슬쩍 보기는 했지만, 절대 계단 아래로 내려가는 모험은 하지 않았거든요. 선원들이 다소 거친 데다가 배 주변에는 조그마한 테리어들이 으르렁거리며 지키고 있었기 때문이죠.

항구에는 배들이 많이 있었답니다. 마치 시장 광장에 서 있는 것처럼 시끄럽고 북적거렸죠. 돛을 세 개 단 골디락스라는 커다란 배에서 오렌지 상자들을 내리고 있었어요. 그리고 브리스틀에서 온 리틀 보피프는 연안을 항해하는 조그마한 쌍돛대 범선으로, 유햄프턴과 램워시의 양에서 나온 양털 꾸러미를 싣고 있었죠.

심 램 할아버지는 목에 방울을 달았고 커다란 뿔은 동그랗게 말려 있었어요. 그는 통로 옆에 서서 화물의 수를 세고 있었죠. 기중기가 빙 돌아서 양털 꾸러미들을 내려놓았고, 양털 꾸러미가 내려올 때마다 밧줄이 도르래를 통과하면서 스르륵하는 소리가 났어요. 심 램 할아버지는 짐칸에 양털 꾸러미가 내려올 때마다 머리를 끄덕였죠. 그러면 "딸랑, 딸랑" 하고 목의 방울이 울렸고 할아버지는 걸걸한 목소리로 음매 하고 울었어요.

심 램 할아버지는 로빈슨과 얼굴은 아는 사이였어요. 이륜마차를 타고 포큼 돼지 농장 앞을 자주 지나갔거든요. 그래서 로빈슨을 봤다면 경고해줬을 거예요. 하지만 할아버지는 한쪽 눈이 안 보였는데 그 눈이 부두 쪽을 향해 있어서 로빈슨을 볼 수가 없었죠.

할아버지는 갑판에 양털 꾸러미를 서른네 개 실었는지, 서른다섯 개 실었는지 상선의 사무장과 말다툼을 하면서 허둥댄 적이 있어요. 그래서 지금은 보이는 나머지 한쪽 눈으로 양털을 주의 깊게 지켜보면서 눈금이 새겨진 막대기를 이용해 꾸러미의 숫자를 셌죠. 꾸러미가 하나 추가되면 눈금도 하나 더 추가하는 식으로 35, 36, 37 이렇게 숫자를 셌답니다. 마지막에는 숫자가 맞아떨어지기를 바라면서요.

심 램 할아버지한테는 짧게 꼬리를 자른 양치기 개가 한 마리 있었어요. 이름은 티머시 집이었죠. 티머시도 로빈슨을 알고 있었지만, 석탄선 마저리 도 호의 에이데일 테리어와 골디락스 호의 스페인산 개가 싸우는 것을 구경하느라 바빴어요. 두 개는 으르렁거리면서 부두 가장자리에서 뒤엉켜 뒹굴다가 물속으로 떨어졌죠. 물론 그 사실을 알아챈 사람은 아무도 없었지만요. 로빈슨은 선원 곁에 바짝 서서 그의 손을 꽉 붙잡았어요.

파운드 오브 캔들스 호는 꽤 큰 범선이었어요. 페인트칠도 새로 했고 로빈슨은 의미를 알 수 없는 깃발이 여기저기 꽂혀 있었죠. 파운드 오브 캔들스 호는 방파제 근처에 있었어요. 바닷물이 빠르게 밀려와서 배의 옆구리에 철썩철썩 부딪쳤고, 그때마다 배를 부두에 묶어놓은 굵은 밧줄이 팽팽하게 당겨졌죠.

선원들은 바르너버스 부처 선장의 지휘 아래 갑판에 물건들을 싣고 밧줄로 고정하고 있었답니다. 선장은 뱃사람답게 마른 데다가 구릿빛 피부를 지녔고, 귀에 거슬리는 목소리였어요. 물건들을 툭툭 치면서 투덜거리듯이 말했고 부두에서도 그의 말이 중간중간 들릴 정도였죠. 선장은 '해마'라는 예인선과 북동풍을 타고 오는 한사리,* 빵집 주인, 신선한 채소들에 대해 얘기했어요.

"정확히 11시에 배에 실어야 해. 그리고 고기는 말이지……."

바르너버스 부처 선장이 갑자기 말을 멈췄어요. 요리사와 로빈슨을 발견했거든요.

로빈슨과 요리사는 삐걱거리는 나무판자를 지나 갑판 위로 올라갔답니다. 로빈슨은 갑판에 올라가자마자 부츠를 닦고 있던 커다란 노란 고양이와 마주쳤어요. 고양이는 너무 놀라서 구둣

---

* 음력 보름과 그믐 무렵에 밀물이 가장 높은 때이다.

솔을 떨어뜨렸고 눈짓을 하면서 계속 이상한 표정을 지었죠. 로빈슨은 고양이가 그런 행동을 하는 것을 처음 봐서 요리사한테 고양이가 어디 아프냐고 물었어요. 요리사는 고양이에게 부츠를 던졌고 고양이는 재빨리 돛대 위로 도망쳐버렸죠. 요리사는 다시 세상에서 가장 상냥한 태도로 로빈슨을 선실로 안내한 뒤 머핀과 크럼핏 빵을 주었어요.

로빈슨이 머핀을 얼마나 많이 먹었는지는 모르겠지만 아무튼 잠들 때까지 계속 먹었어요. 그러다가 앉았던 의자가 흔들려서 탁자 아래로 굴러 떨어지면서 잠에서 깼죠. 선실 한쪽 바닥이 천장으로 올라가는가 싶더니 천장의 다른 한쪽 면이 바닥으로 내려오면서 흔들렸어요. 그릇들이 춤이라도 추듯이 이리저리 움직

였고 고함소리, 쿵쾅거리는 소리, 덜커덕덜커덕 쇠사슬 부딪치는 소리, 그 외 기분 나쁜 소리들이 들려왔죠.

로빈슨은 몸을 세게 부딪친 후 몸을 일으켰어요. 그리고 갑판으로 나가는 사다리형 계단을 기어 올라갔죠. 갑판으로 올라간 로빈슨은 겁에 질려서 비명을 지르고 또 질렀답니다! 사방이 온통 거대한 푸른 물결이었거든요! 부둣가에 늘어선 집들은 인형의 집처럼 조그맣게 보였어요. 그리고 붉은 절벽과 초록빛 들판 위 높은 언덕에 있는 포큼 돼지 농장이 우표처럼 작게 보였죠.

과수원의 조그맣고 하얀 조각은 포르카스 고모가 햇볕에 말리려고 풀밭 위에 널어놓은 빨래들이었어요. 가까이에서는 검은 빛깔의 예인선인 해마가 연기를 내뿜으며 아래위로 마구 흔들렸어요. 그들은 파운드 오브 캔들스 호에서 던진 견인용 밧줄을 배에 감고 있었죠.

바르너버스 부처 선장은 범선 뱃머리에 서 있었답니다. 그는 예인선 선장에게 고함을 지르고 소리쳤어요. 선원들도 소리를 지르면서 열심히 돛을 끌어올렸죠. 배는 한쪽으로 살짝 기울더니 파도를 뚫고 빠른 속도로 나아갔어요. 바다 냄새가 풍겼어요.

로빈슨은 얼이 빠진 것처럼 비명을 지르면서 갑판 주위를 돌고 또 돌았어요. 갑판이 옆으로 심하게 기울어서 한두 번 미끄러져 넘어지기도 했죠. 하지만 계속해서 뛰고 또 뛰었답니다. 점점 비명이 잦아들더니 로빈슨은 어느새 노래를 부르고 있었어요. 그래도 달리기는 멈추지 않았죠. 그는 이런 노래를 불렀어요.

불쌍한 돼지 로빈슨 크루소!
아, 도대체 어떻게 그럴 수가 있지?
배를 타고 둥둥 떠다니게 됐네, 끔찍한 배에,
아, 불쌍한 돼지 로빈슨 크루소!

선원들은 어찌나 웃긴지 눈물이 날 지경이었어요. 하지만 로빈슨이 똑같은 노래를 50번 정도 불러대면서 선원들 다리 사이를 뛰어다니자, 몇몇 선원은 화를 내기 시작했죠. 심지어 요리사도 더 이상 로빈슨에게 공손하지 않았어요. 반대로 아주 무례했죠. 그는 로빈슨이 콧노래를 당장 멈추지 않으면 돼지갈비로 만들어버리겠다고 윽박질렀어요.

그 순간 로빈슨은 정신을 잃고 파운드 오브 캔들스 호 갑판 위에 쓰러지고 말았답니다.

7

로빈슨이 배 위에서 학대를 받았다고 생각하면 절대 안 돼요. 오히려 포큼 돼지 농장에 있을 때보다 더 잘 먹고 귀여움을 받았으니까요. 뱃멀미로 고생한 며칠 동안은 친절했던 고모들이 보고 싶어 미칠 것 같았지만 그 이후에는 아주 만족스럽고 행복했죠. 뱃사람이 다 되어서 더 이상 멀미도 안 하고, 흔들리는 배에서도 갑판 위를 여기저기 뛰어다녔답니다. 하지만 뛰어다니기에 너무 살이 찌고 움직이는 게 귀찮아지자 곧 그만뒀어요.

요리사는 지치지도 않는지 쉬지 않고 오트밀을 끓여줬어요. 곡물 한 자루와 감자 한 자루는 특별히 로빈슨을 위한 것 같았죠. 로빈슨은 자기가 원하는 만큼 먹었어요. 배터지도록 먹고 따스한 갑판 위에 누워서 자니 아주 기분이 좋았죠. 배가 따뜻한 남쪽으로 갈수록 로빈슨은 점점 더 게을러졌어요. 항해사는 그를 귀여워했고 선원들도 음식을 한 입씩 줬어요. 요리사 역시 로빈슨의 등을 문지르며 옆구리를 긁어줬죠. 하지만 너무 살이 쪄서 옆구리를 긁어도 전혀 간지럽지 않았어요. 노란 수고양이와 항상 기분 나쁜 표정을 한 바르너버스 부처 선장만이 로빈슨에게 장난을 치지 않았죠.

로빈슨은 고양이의 태도가 당혹스러웠답니다. 옥수수 오트밀을 못마땅해하는 게 분명했죠. 고양이는 너무 욕심을 부리면 좋지 않다고, 지나치면 참혹한 결과가 있을 거라고 알 수 없는 말을 했어요. 하지만 그 참혹한 결과가 어떤 것인지는 설명하지 않았죠. 그래서 로빈슨은 고양이가 노란 죽이나 감자를 싫어해서 그런 말을 하는 거라고 생각했어요. 고양이는 쌀쌀맞게 굴지는 않았어요. 오히려 애절했고 그게 더 불길했죠.

고양이는 엇갈린 사랑을 한 적이 있답니다. 고양이가 우울하고 어두운 인생관을 가지게 된 것은 올빼미와 헤어져서이기도 했어요. 눈처럼 새하얗고 다정한 라플란드의 암컷 올빼미가 북쪽 그린란드로 가는 고기잡이배를 타고 떠나버렸거든요. 반면에 파운드 오브 캔들스 호는 열대 바다를 향해 가고 있었죠.

그래서 고양이는 자기 일을 다 내팽개쳤어요. 요리사와는 제일 사이가 안 좋았죠. 신발을 닦고 선장 시중을 드는 대신, 돛대 위에서 밤낮으로 달을 쳐다보며 세레나데를 불렀어요. 가끔 갑판으로 내려올 때면 로빈슨한테 충고를 했죠.

고양이는 왜 많이 먹으면 안 되는지 로빈슨한테 분명하게 말해주지 않았어요. 하지만 알 수 없는 이상한 날짜를 자주 얘기했죠. 물론 로빈슨은 절대 기억하지 못했지만요. 그날은 바로 바르너버스 부처 선장의 생일날이었어요. 선장은 매년 맛있는 음식을 먹으면서 생일을 축하했죠.

"사과를 그때 쓰려고 아끼는 거야. 양파는 따뜻해서 싹이 나는 바람에 다 먹었고. 선장이 소스로 쓸 사과가 있으니까 양파들은 없어도 된다고 요리사한테 말하는 걸 들었어."

로빈슨은 고양이의 말을 귀담아듣지 않았답니다. 그는 고양이와 함께 뱃전에 앉아서 은빛 물고기 떼를 바라봤어요. 배는 모든 게 멈춰버리기라도 한 듯 고요했죠. 요리사는 갑판 위를 어슬렁어슬렁 걸어 다니다가 고양이가 보고 있는 신선한 물고기 떼를 발견하고는 기쁨의 탄성을 질렀어요. 선원들 절반가량이 나와서 낚시를 시작했어요. 새빨

간 털실 조각이나 비스킷 조각을 낚싯줄에 미끼로 끼웠죠. 갑판장은 반짝이는 단추를 미끼로 끼워서 많은 물고기를 낚았어요.

그런데 단추로 물고기를 낚을 때 가장 안 좋은 점은 갑판으로 낚싯대를 끌어올리다가 너무 많이 놓쳐버린다는 거예요. 선장은 작은 보트를 바다에 띄워도 된다고 허락했어요. '대빗'이라는 보트들이 매달린 강철 기둥에서 보트 하나를 내려 유리 같은 바다 위에 띄웠어요. 선원 다섯 명이 보트에 올라탔고 고양이도 탔죠. 그들은 몇 시간 동안 낚시를 했어요. 바람 한 점 불지 않았죠.

고양이가 없는 사이에, 로빈슨은 따뜻한 갑판 위에서 평화롭게 잠이 들었답니다. 얼마 후 낚시를 가지 않은 항해사와 요리사의 목소리를 듣고 그만 잠에서 깼어요.

"난 일사병에 걸린 돼지 허리살은 먹고 싶지 않아. 이봐, 로빈슨 깨워! 아니면 로빈슨을 돛천으로 덮어주든가. 이래봬도 내가 농장에서 자랐다고. 돼지들을 절대 뜨거운 햇볕 아래에서 자게 하면 안 돼."

항해사의 목소리였어요.

"왜?"

요리사가 물었어요.

"일사병 때문이지. 햇볕 때문에 피부가 타거든. 그럼 피부가 벗겨져서 쭈글쭈글하니 엉망이 된다고."

항해사가 대답했어요.

그러더니 다소 무겁고 더러운 돛천으로 로빈슨을 덮었어요. 로빈슨이 갑자기 꿀꿀거리면서 몸부림치며 돛천을 발로 찼어요.

"로빈슨이 자네가 한 말을 들었을까?"

요리사가 낮은 목

소리로 물었어요.

“글쎄, 근데 뭐, 그래도 상관없어. 배에서 뛰어내리지는 못할 테니까.”

항해사는 담뱃대에 불을 붙이면서 대답했어요.

“식욕을 잃을지도 모르지. 그동안 엄청나게 잘 먹었는데.”

요리사가 말했어요.

곧 선장의 목소리가 들렸어요. 선장실에서 낮잠을 잔 뒤에 갑판 위로 올라온 모양이었어요.

“중앙 돛대 위 망대에 올라가서 망원경으로 수평선 좀 확인해 봐. 위도와 경도가 어떻게 되는지. 항해도와 나침반으로 봤을 때는 지금 다도해 가운데에 있는 거 같은데.”

선장이 말했어요.

작지만 위압적인 선장의 목소리가 돛천을 덮고 있는 로빈슨의 귀에도 들렸어요. 하지만 항해사한테는 선장의 말이 그렇게 위압적으로 느껴지지 않았죠. 항해사는 주위에 아무도 없으면 가끔 선장의 명령을 듣지 않고 반대 의견을 내기도 했거든요.

“발가락에 티눈이 생겨서 너무 아픕니다.”

항해사가 말했어요.

“그럼 고양이를 올려 보내.”

바르너버스 부처 선장이 짧게 명령했어요.

“고양이는 지금 저기 보트에서 낚시를 하고 있는데요.”

“그럼 데려와. 2주째 내 부츠도 안 닦고 있어.”

선장은 화를 내며 말한 뒤 선실로 다시 내려갔어요. 사다리형 계단을 통해 선장실로 내려가서 다도해를 찾아 위도와 경도를 계속 계산하기 위해서였죠.

"다음 주 목요일까지는 저놈의 성질 좀 고쳤으면 좋겠군. 안 그러면 돼지고기 구이고 뭐고 없을 테니까!"

항해사가 요리사에게 말했어요. 그리고 둘은 선원들이 어떤 물고기를 잡았는지 보려고 갑판 끝으로 천천히 걸어갔죠. 고기잡이 보트가 돌아오고 있었거든요.

바다 날씨가 아주 고요했어요. 그래서 낚시를 했던 보트는 밤새도록 파운드 오브 캔들스 호의 뒤쪽 창문 아래에 묶어서 유리 같은 바다에 두었어요.

고양이가 망원경을 들고 돛대 위로 올라갔답니다. 그리고 잠시 돛대 위에 있다가 다시 아래로 내려와서는 아무것도 보이지 않는다고 거짓으로 보고했죠. 바다가 무척 잔잔해서 그날 밤에는 보초나 망보는 사람을 따로 세우지 않았어요. 누군가 망을 본다면 고양이가 망을 봤을 거예요. 나머지 선원들은 카드놀이를 하고 있었거든요.

고양이와 로빈슨은 카드놀이에 끼지 않았어요. 고양이는 돛천 밑에서 뭔가가 움직이는 것을 눈치챘죠. 로빈슨이 잔뜩 겁에 질린 채 눈물을 흘리고 있었답니다. 돼지고기에 대한 얘기를 들은 거예요.

고양이가 로빈슨에게 말했어요.

"내가 계속 힌트를 줬잖아. 너한테 왜 밥을 줬겠어? 소리 내서 울지 마! 이 바보야! 그만 울고 내 얘기 들어. 누워서 떡 먹기만큼 쉬워. 너 노 저을 줄 알잖아. 어느 정도는."

(로빈슨은 전에 가끔 낚시를 가서 게 몇 마리를 잡아오기도 했어요.)

고양이가 다시 말했어요.

"뭐, 그렇게 멀리까지 안 가도 돼. 망루에 올라갔더니 북북동 방향으로 봉나무 꼭대기가 보였어. 섬이 있다는 얘기지. 다도해 주변은 물이 얕아서 파운드 오브 캔들스 호는 지나갈 수 없어. 내가 다른 보트들은 구멍을 내놓을게. 그러니까 내가 하라는 대로 해!"

고양이는 로빈슨한테 필요한 물건들을 챙겨줬어요. 사심 없이 순수한 마음도 있었고, 또 한편으로는 요리사와 선장한테 쌓인

게 많아서였죠. 신발, 봉랍, 칼, 안락의자, 낚시 도구, 밀짚모자, 톱, 파리 잡이 끈끈이, 감자 단지, 망원경, 주전자, 나침반, 망치, 밀가루통, 한 끼 식사, 깨끗한 물 한 통, 텀블러, 찻주전자, 못, 양동이, 드라이버를 챙겼어요.

고양이는 "아! 맞다!"라고 하더니, 송곳을 들고 갑판 주위를 돌아서 파운드 오브 캔들스 호 대빗에 묶여 있던 보트 세 척에 커다란 구멍을 뚫었어요.

그때 아래쪽에서 불길한 소리가 들리기 시작했답니다. 패가 나쁜 선원들이 카드놀이가 지루해지기 시작한 거예요. 그래서 고양이는 서둘러 작별 인사를 하고 로빈슨을 배 아래로 밀어냈죠. 로빈슨이 줄을 타고 바다에 묶여 있던 보트로 내려가자, 고양이가 밧줄을 풀어서 던졌어요. 그런 다음에 돛대 위에 올라가서 망을 보면서 잠든 척했죠.

로빈슨은 보트에서 자리를 잡느라 기우뚱했어요. 노를 젓기에는 다리가 짧았거든요. 선실에 있던 바르너버스 선장이 카드 돌리기를 멈추더니, 손에 카드를 든 채 귀를 기울였어요. 그사이 요리사가 선장이 든 카드를 몰래 엿봤죠. 그러자 선장이 카드를 탁 내려놓았고, 그 덕에 잔잔한 바다 위에서 로빈슨이 노 젓는 소리도 묻혀버렸답니다.

카드 게임 한 판이 끝나자 선원 두 명이 선실을 나와 갑판으로 갔어요. 선원들은 저 멀리 바다에서 커다란 검은색 딱정벌레 같은 것을 발견했죠. 한 선원은 커다란 바퀴벌레가 뒷다리로 헤엄을 치고 있다고 했고, 다른 선원은 돌고래라고 말했어요. 두 선원은 옥신각신 목소리를 높였죠. 바르너버스 선장은 요리사가 패를 돌린 뒤로는 으뜸패를 전혀 가져보지 못하자, 갑판으로 나왔답니다.

"망원경 가져와."

선장이 말했어요.

하지만 망원경은 온데간데없었어요. 신발, 봉랍, 나침반, 감자단지, 밀짚모자, 망치, 못, 양동이, 드라이버에다가 안락의자까지 말이죠.

"보트 타고 가서 저게 뭔지 한번 살펴봐."

선장이 명령했어요.

"보트든 뭐든 다 좋은데, 혹시 돌고래면 어떡하죠?"

항해사가 반항하듯이 말했어요.

"아, 이런, 보트가 없어졌어!"

한 선원이 소리쳤어요.

"그럼 다른 보트를 타. 세 개 더 있잖아. 분명히 그 돼지랑 고양이일 거야!"

선장이 고함을 질렀어요.

“저기, 선장님, 고양이는 돛대 위에서 자고 있는데요.”

“고양이 깨워! 저 돼지는 다시 붙잡아와! 사과 소스를 버리게 생겼군!”

요리사가 이리저리 날뛰며 소리를 지르고 칼과 포크도 휘둘러 댔어요.

보트를 내리느라 대빗이 흔들렸고 보트가 바다에 떨어질 때마다 철퍽철퍽 소리가 났어요. 선원들은 서둘러 보트에 올라탄 뒤 미친 듯이 노를 저었죠. 하지만 보트를 탔던 선원 대부분은 다시 파운드 오브 캔들스 호로 미친 듯이 노를 저어 돌아온 것을 기뻐했어요. 왜냐하면 보트들이 전부 물이 샜거든요. 그게 다 고양이 때문이었죠.

8

로빈슨은 파운드 오브 캔들스 호에서 점점 멀어졌답니다. 그는 쉬지 않고 노를 저었죠. 노가 로빈슨에게는 무거웠어요. 내가 듣기로 열대 지방 바다에는 해가 져도 빛을 내는 불빛이 있대요. 물론 열대 지방에 가본 적은 없지만요. 로빈슨이 노를 들어 올리자, 반짝이는 물방울이 마치 다이아몬드처럼 노에서 떨어졌어요. 그리고 곧 달이 수평선 위로 떠올랐죠. 꼭 커다란 은쟁반의 반쪽 같았어요.

로빈슨은 잠시 노에 기대어 배를 바라봤어요. 배는 달빛을 받으며 잔물결 하나 없는 잔잔한 바다 위에 가만히 떠 있었죠. 선원 두 명이 갑판에 서서 딱정벌레가 헤엄치고 있다고 생각한 게 바로 이때였어요. 로빈슨이 400미터 정도 떨어진 곳에 있을 때였죠.

로빈슨은 너무 멀리 떨어져 있어서 파운드 오브 캔들스 호 선원들이 보이거나 얘기가 들리지는 않았어요. 하지만 보트 세 척이 자기를 쫓아오는 것은 알았죠. 그래서 자기도 모르게 꽥액꽥액 소리를 지르면서 미친 듯이 노를 저었답니다. 다행히 로빈슨이 노를 젓느라 기진맥진해지기 전에 보트들이 되돌아갔어요. 그제야 로빈슨은 고양이가 송곳으로 보트에 구멍을 낸 일이 생각났고, 보트에 물이 샌다는 것도 알았죠.

그날 밤 로빈슨은 서두르지 않고 조용히 노를 저었답니다. 잠

들고 싶지 않았고, 공기는 쾌적하고 시원했어요. 다음 날은 더웠지만 로빈슨은 돛천을 덮고 푹 잤어요. 돛천은 혹시 임시로 천막이 필요할 때 쓰라고 고양이가 챙겨준 거였죠.

배는 점점 시야에서 멀어졌어요. 다들 알겠지만 바다는 평평하지 않아요. 처음에는 배의 선체가 보이지 않더니, 이어서 갑판이 보이지 않았고, 돛대 일부만 보이다가 나중에는 아무것도 보이지 않았죠.

로빈슨은 배를 기준으로 보트의 방향을 잡았어요. 그런데 방향을 알려주던 배가 사라져버리자, 나침반을 찾으려고 몸을 돌렸어요. 그때 보트가 쿵쿵하면서 모래톱에 부딪혔답니다. 다행히 모래톱에 박힌 것은 아니었어요.

로빈슨은 노 하나를 뒤로 저으면서 보트에서 일어나 주위를 둘러봤어요. 그런데 이게 웬일이에요. 봉나무의 꼭대기가 보였어요!

30분 정도 노를 저어가니, 크고 기름진 섬의 해변이 나타났답니다. 로빈슨은 보트를 대기 편하고 안전한 곳으로 들어섰어요. 그곳은 따뜻한 물이 은빛 해안으로 흘러들고 있었죠. 해안은 굴들로 덮여 있었고, 나무에서는 새콤한 사탕들이 자라고 있었어요.

고구마의 일종인 얌은 넘쳐나서 요리만 하면 됐어요. 빵나무에는 머핀과 당의를 입힌 케이크가 자라고 있어서 굽기만 하면 됐죠. 그래서 돼지들이 오트밀 때문에 한숨을 쉴 필요가 없었어요. 머리 위로는 봉나무가 높이 솟아 있었죠.

혹시 이 섬에 대해 자세히 알고 싶으면 《로빈슨 크루소》를 읽어보세요. 봉나무가 있는 섬은 크루소가 지낸 곳과 똑같았고 안 좋은 점만 없을 뿐이니까요. 나도 가본 적은 없어요. 1년 6개월 뒤에 그곳에서 즐거운 신혼여행을 보내고 온 올빼미와 고양이한테 얘기를 들었을 뿐이죠. 고양이와 올빼미는 그곳 날씨에 대해 신나서 말했어요. 다만 올빼미한테는 너무 따뜻했다고 하더군요.

나중에는 스텀피와 작은 개 팁킨스가 로빈슨을 찾아왔어요. 로빈슨은 섬 생활에 완벽하게 만족했고 아주 건강하게 지내고 있었죠. 스타이마우스로 돌아갈 생각이 전혀 없었어요. 내가 알기로 아직도 섬에서 살고 있을 거예요. 점점 더 살이 찌고 또 쪘죠. 하지만 요리사는 끝내 로빈슨을 찾지 못했답니다.

20. 사납고 못된 토끼 이야기

여기 사나운 못된 토끼가 있어요. 저 사나운 수염 좀 보세요. 발톱이랑 위로 올라간 꼬리도요.

여기 착하고 순한 토끼가 있어요. 엄마 토끼가 당근을 줬네요.

못된 토끼도 당근이 먹고 싶나 봐요.

“나도 좀 줘”라는 말도 없이 다짜고짜 빼앗아가버렸어요!

그리고 착한 토끼를 아주 심하게 할퀴기까지 했죠.

착한 토끼는 슬금 슬금 도망쳐서 굴 안에 숨었어요. 착한 토끼가 슬퍼하네요.

총을 든 남자예요.

남자는 벤치에 뭔가가 앉아 있는 것을 봤어요. 정말 신기하게 생긴 새라고 생각했죠.

남자가 나무 뒤로 살금살금 다가갔어요.

그런 뒤에 총을 쐈어요. 빵!

이렇게 되어버렸네요.

남자가 총을 들고 헐레벌떡 뛰어갔지만 벤치에서 발견한 것은 이게 다예요.

착한 토끼가 굴 밖을 몰래 내다보니,

못된 토끼가 정신없이 도망치는 게 보이네요.

꼬리와 수염이 몽땅 없어져버렸어요!

21. 미스 모펫 이야기

이 야옹이는 모펫 아가씨예요. 쥐 소리가 들리는 것 같아요!

찬장 뒤에서 생쥐가 몰래 내다보면서 모펫 아가씨한테 장난을 쳐요. 생쥐는 새끼 고양이를 무서워하지 않아요.

모펫 아가씨가 휙 달려들지만 너무 늦었어요. 생쥐는 놓치고 머리만 세게 부딪치고 말았어요.

모펫 아가씨는 찬장이 너무 단단하다고 생각했어요!

생쥐가 찬장 위에서 모펫 아가씨를 내려다보네요.

모펫 아가씨가 행주로 머리를 꽁꽁 싸매고 난로 앞에 앉아 있어요.

생쥐는 모펫 아가씨가 무척 아파 보인다고 생각했죠.

그래서 초인종 줄을 타고 미끄러져 내려왔어요.

모펫 아가씨는 점점 더 아파 보여요. 생쥐가 좀 더 가까이 다가오네요.

모펫 아가씨는 아픈 척 머리를 양발로 감싸 쥐었어요.

그리고 행주에 난 구멍으로 생쥐를 봤죠. 생쥐가 아주 가까이까지 다가오네요.

그러다가 갑자기 후다닥—

모펫 아가씨가 생쥐한테 달려들었어요!

생쥐가 모펫 아가씨한테 장난을 치니까 자기도 똑같이 장난칠 작정이군요.

저런 걸 보면 모펫 아가씨도 전혀 착하지 않네요.

모펫 아가씨가 행주로 생쥐를 둘둘 싸매서, 공처럼 던져 올리네요.

그런데 모펫 아가씨는 행주에 난 구멍을 그만 깜빡 잊고 있었어요.

행주를 풀어보니 생쥐는 이미 온데간데없었죠!

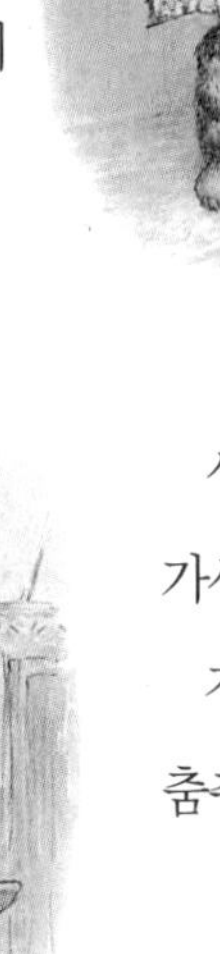

생쥐는 요리조리 빠져나가서 벌써 도망쳐버렸어요.

지금 찬장 위에서 신나게 춤추고 있네요!

22. 애플리 대플리 자장가

애플리 대플리

조그만 갈색 생쥐,

뉘 집 찬장으로 들어가네.

뉘 집 찬장에는
온갖 맛난 게 있지.
케이크, 치즈, 잼, 비스킷
온통 생쥐들이 좋아하는 거라네.

애플리 대플리
눈은 작아도 눈치는 빠르지.
애플리 대플리
파이를 너무 좋아한다네!

누가 코튼테일네 문을 두드리는 거지?

똑, 또옥! 똑, 또옥!

저 소리를 언제 들어 봤더라?

몰래 밖을 내다봤지만
아무도 없네.
대신 당근 선물 바구니만
계단에 놓여 있네.

들어봐요! 또 들려!
똑, 똑, 또옥! 똑, 또옥!
어,
작은 검정 토끼 같은데!

고슴도치 가시핀 할아버지

가시 꽂을 방석을 가져본 적 없네.

검정 코에 회색 수염

길 건너 물푸레나무 그루터기에서 살지.

할머니 알아?

구두 속에 사는 할머니 말이야.

새끼들이 너무 많아서

어쩔 줄을 몰라 하는 할머니 알아?

구두 집에서 살았다니까

그 할머니는 틀림없이 생쥐일 거야!

디고리 디고리 델벳!

검은 벨벳을 입은 조그만 할아버지,

땅을 파고 또 파지.

디고리 델벳이 파놓은 흙무더미를

직접 볼 수 있다네.

감자와 고깃국물을 근사한 갈색 냄비에 담아 오븐에 넣네.

그리고 뜨겁게, 뜨겁게 내오지!

옛날에 상냥한 기니피그 살았네.

빗어 넘긴 머리 페리위그 같았네.

귀여운 넥타이를 맸다네.
하늘처럼 새파란 넥타이를.

그런데 수염과 단추가 무척이나 컸다네.

23. 세실리 파슬리 자장가

세실리 파슬리는 작은 굴에 살았네.

신사들을 위해 맛있는 맥주를 빚었지.

신사들이 매일같이 와서

세실리 파슬리는 그만 도망쳐버렸네.

거위야, 거위야, 숫거위야

어디를 그리 헤매니?

위로 올라갔다, 아래로 내려갔다

우리 마님 방에 들어가다니!

이 돼지는 시장에 가고

이 돼지는 집에 남았네.

이 돼지는 고기를 조금 먹고

이 돼지는 하나도 먹지 못했네.

아기 돼지가 울고 있네.

꿀꿀! 꿀꿀!

집으로 가는 길을 못 찾겠어.

야옹이가 난롯가에 앉아 있네.

어찌 저리 예쁠까?

강아지가 들어와 말하네.

"야옹이님! 집에 계세요?"

"안녕하세요, 야옹이님?

야옹이님, 안녕하세요?"

"고마워, 강아지야.

나도 잘 지내고 있어!"

눈먼 생쥐 세 마리,
눈먼 생쥐 세 마리가
뛰어가는 것 좀 보세요!
다 같이 농부의 아내를
쫓아가네.
그런데 농부의 아내가 부엌칼로 꼬리를 잘라버렸네!
지금까지 이런 것을 본 적 있나요?
눈먼 생쥐 세 마리!

멍멍, 멍멍, 멍멍!
넌 누구 집 개니?
"땜장이 꼬마 톰이에요.
멍멍, 멍멍, 멍멍!"

조그만 정원이 하나 있지.

우리들만의 정원이라네.

매일매일 물을 주었지.

우리가 심은 씨앗에.

우리는 작은 정원을 사랑한다네.

그래서 정성스럽게 가꾸지.

시든 잎이나 벌레 먹은 꽃은

찾아볼 수 없을 거라네.

니니 내니 내티고트

하얀 패티코트에

빨간 코—

오래오래 서 있을수록

키가 작아지네.

미출간 작품

1. 작은 생쥐 세 마리

작은 생쥐 세 마리가 앉아서 물레를 돌리고 있었어요.

고양이가 지나가다가 훔쳐보았어요.

"우리 착한 아기 생쥐들, 거기서 뭘 하고 있죠?"

“신사용 코트를 만들고 있어요.”

“제가 잠깐 거기 들어가서 실 자르는 일을 도와줄까요?”

"오, 아니요!
고양이, 당신은 우리 머리를 집어삼킬 거예요!"

2. 간사한 늙은 고양이

여기 이 고양이는, 간사한 늙은 고양이예요.

다과회에 쥐를 초대했지요.

여기 이 쥐는,

가장 폼 나는 옷을 입고 계단을 내려오고 있네요. 둘은 부엌에서 차를 마시기로 했어요.

"안녕하세요, 쥐 선생님?
여기 의자에 앉으실래요?" 하고 고양이가 말했어요.

"나는 내 빵과 버터를 먼저 먹을게요" 하고 고양이가 말했어요. "그러고 나서 쥐 선생님은 먹다 남긴 부스러기를 드세요."

"초대한 손님을 이런 식으로 대하다니, 참 무례하군요!" 쥐가 중얼거렸어요.

“이제 내가 마실 차를 따를게요” 하고 고양이가 말했어요.

“그리고 쥐 선생님은 우유 단지에 남은 방울을 핥아드세요. 그러면 나는 디저트를 먹을게요!” 하고 고양이가 말했어요.

“고양이가 디저트로 나를 잡아먹을게 뻔해. 애초에 여기 오지 말았어야 했는데!” 하고 불쌍한 쥐가 말했어요.

고양이는 우유 단지를 아예 뒤집어버렸어요.

이 탐욕스런 늙은 고양이!

고양이는 우유 한 방울도 쥐에게 주고 싶지 않았던 거예요.

하지만 쥐는 테이블로 뛰어올라가 단지를 톡톡 가볍게 쳤어요. 그러자 우유 단지가 고양이 머리에 쏙 들어가버렸어요!

고양이는 머리가 단지에 낀 채로 부엌 곳곳을 쿵쾅쿵쾅 돌아다니면서 난리를 피웠어요.

쥐는 테이블에 앉아 머그잔에 차를 따라 마셨어요.

그러고 나서 머핀을 종이가방에 싸들고 빠져나왔어요.

그러고는 머핀을 앉은자리에서 먹어치웠어요. 여기까지가 제가 알고 있는 쥐의 마지막 얘기예요.

그리고 고양이는 부엌 테이블 다리에 단지를 부딪쳐서 깼답니다. 여기까지가 제가 알고 있는 고양이의 마지막 얘기예요.

3. 여우와 황새 왕

“선생님” 하고 여우 토드 씨가 황새 왕에게 말했어요. “제가 차를 한잔 대접하고 싶은데, 어떠신가요?” 황새 왕은 고개를 끄덕였어요. 그러고는 여우 토드 씨와 함께 집으로 갔어요. 황새 왕은 엉큼성큼 걸었고, 토드 씨는 종종걸음으로 걸었어요.

토드 씨는 베풀 줄을 몰랐어요. 손님으로 초대해놓고는 황새의 덩치를 가늠해보니까 후회가 된 거예요. 그래서 꾀를 생각해냈지요. 여우는 황새에게 이렇게 말했어요. "저는 손님에게 차를 대접할 때, 빅슨 증조할머니의 더비 차 세트를 쓴답니다." 그는 평평한 받침용 접시 두 개에 차를 따랐어요.

황새 왕은 뾰족한 부리 끝을 접시에 담갔어요. 하지만 한 모금도 마실 수가 없었어요. 얼마 있다가 황새는 인사를 하고 가버렸어요. 덕분에 남은 차는 토드 씨가 다 핥아먹었지요.

토드 씨는 손님을 불러놓고 쩨쩨하게 행동했던 일이 마음에 걸렸어요. 그래서 황새 왕이 점심 초대를 하자 깜짝 놀랐어요.

초대장은 성격이 예민한 댕기물떼새가 가져다줬지요.

황새 왕은 높고 오래된 집 지붕 위로 우뚝 솟아 있는 굴뚝 꼭대기에 살고 있었어요.

토드 씨는 날개가 없었기 때문에 날아서 지붕으로 올라갈 수가 없었어요. 그래서 황새 왕이 마당으로 내려와서 토드 씨를 집 안으로 안내했죠. 그러고는 나선식 계단을 따라 올라갔지요.

다락에 올라가자 맛있는 수프 냄새가 났어요. 수프는 주둥이가 좁은 병 두 개에 담겨 있었어요.

황새 왕은 병에 긴 부리를 쑥 집어넣고 수프를 먹었어요. 하지만 토드 씨는 입술을 핥거나 코로 냄새만 맡아야 했죠.

얼마 있다가 토드 씨가 자리에서 일어나 "좋은 하루 보내세요!"라고 인사를 했어요.

황새 왕은 빈 병에서 부리를 꺼냈어요. 그는 평소에도 말수가 적은 편이었어요. 황새 왕이 토드 씨에게 건넨 말은 "주는 만큼 받는 거지!"라는 한 마디가 전부였어요.

4. 토끼들의 크리스마스 파티

손님들이 하나둘씩 모여드는군요.

저녁 만찬도 준비가 되었군요.

춤이 시작됐어요.

장님놀이(수건으로 눈을 가린 한 명이 술래가 되어 주위에 있는 한 명을 붙잡아 누군지 알아맞히는 놀이)를 하고 있네요.

난로 옆에 둘러앉아 사과도 구워먹어요.

이제 집으로 돌아갈 시간이군요.

100년간 전 세계 사람들의 관심을 받은 세상에서 가장 사랑스러운 토끼 이야기

약 100년 전, 영국 작가 베아트릭스 포터(Beatrix Potter)가 쓴 '피터 래빗 시리즈'는 20세기 최고의 아동문학으로 손꼽힌다. 전 세계 24개 언어로 번역 출간되었고, 1억 부 이상이 팔린 이 그림 동화는 23권의 시리즈로 엮어져 있다. 작은 시골 농장, 숲속 등을 배경으로 주인공 피터 래빗과 동물 친구들이 엮어가는 하루하루의 소박하고도 재미있는 이야기가 펼쳐지며 우리나라에도 전편이 완역 소개되었다. 보기만 해도 힐링이 되는 베아트릭스 포터의 그림들 또한 여러 가지 방법으로 활용되며 시리즈의 인기를 이끄는 중요한 역할을 하고 있다.

세상에서 가장 사랑스러운 토끼를 탄생시킨 베아트릭스 포터는 1866년 7월 영국 런던의 법률가 집안에서 태어났다. 부모는 그녀를 'B'라는 애칭으로 부르곤 했으며, 랭커스터 면화 목장과 방적 공장을 경영하던 부모 덕에 부유한 삶을 살았다. 기록에 따르면 어린 베아트릭스에게는 여러 명의 가정교사가 있었고 밤에 잠잘 시간이나 특별한 경우에만 부모를 볼 수 있었다고 한다.

야생동물이 사는 들판에 둘러싸인 집에서 살았던 베아트릭스는 꽃과 동물, 자연에 관심이 많아서 어린 동생이자 친구인 버트람과 함께 토끼와 박쥐, 쥐와 고슴도치를 키웠고 자연을 그리며 놀았다. 버트람이 기숙학교로 떠나자 많은 시간을 홀로 방에서 보내야 했는데, 동생이 누나를 생각해서 방에 가져다놓은 작은 동물 인형들만이 그녀의 곁을 지켰다.

어린 베아트릭스는 동물 인형들을 다각도에서 세심하게 그렸다. 9세에 벌써 옷을 입은 동물들의 그림을 그리기 시작해 빅토리아 시대의 옷을 근사하게 차려 입고 스케이트를 타는 토끼를 그리기도 했다. 그녀는 애완동물의 독특한 특징을 발견해 일기에 암호로 적어놓았는데, 어머니의 눈을 피하기 위해 너무 작게 적어서 돋보기를 써야 볼 수 있었고 그녀가 사망한 후 15년이 지나서야 암호를 풀었다고 한다.

한때 벤저민 바운서와 피터 파이퍼라는 이름의 토끼 두 마리를 길렀는데, 둘의 장난스런 행동들은 《벤저민 버니 이야기》와 《피터 래빗 이야기》의 모티프가 되었다. 색채 감각도 남달랐던 베아트릭스는 책을 쓰기 전에는 늘 그림을 그렸다. 오늘날 빅토리아앨버트미술관으로 이름이 바뀐 사우스켄싱턴박물관에 자주

가서 그림을 그리곤 했다는 이야기가 전해진다.

베아트릭스는 자신의 취미이자 특기인 '자연 관찰'에 몰두하다가 진균류에 대한 관심이 커져 학회에 논문까지 제출했다. 하지만 여자라는 이유로 학회 모임에서 직접 발표를 거부당했고, 결국 동화 작가가 되기로 마음을 먹었다. 베아트릭스가 작가이자 삽화가로 본격적으로 활동을 시작한 것은 27세 때 가정교사의 어린 아들 노엘 무어에게 편지를 보내면서부터였다.

편지에는 흑백 그림이 그려져 있었다. 그 4장의 편지에 담긴 이야기가 토대가 되어 오늘날의 '피터 래빗 시리즈'가 만들어진 것이다. 편지에 담긴 이야기는 세계 무대에 장난꾸러기 토끼의 등장을 예고했다.

베아트릭스는 글을 다듬어 출판사들에 보냈지만 거절당한 뒤 1901년에 개인 자금으로《피터 래빗 이야기》를 출판했다. 250부의 초판은 아주 잘 팔렸는데, 셜록 홈즈의 작가 코난 도일도 자녀들에게 그 책을 사줄 정도였다고 한다. 1년 뒤, 그녀의 책은 프레더릭 원 출판사에서 컬러판으로 정식 출간되었다.

당시에 나온 베아트릭스 포터의 책들은 어린이를 위한 동화책의 완벽한 본보기로, 다음에 무슨 일이 일어날지 보기 위해 아이들이 기대에 차서 페이지를 넘기도록 구성되어 있었다. 또한 글과 그림도 자연스럽고 보기 좋게 균형이 맞춰져 있어서 아이들에게 선풍적인 인기를 끌 수밖에 없었다.

베아트릭스 포터는 여기에서 멈추지 않았다. 당시 상점에서 시리얼 제품 등의 마스코트 인형들을 판매하는 것을 보고, 직접 피터 래빗 인형을 만들어 판매하면서 저작권 등록을 했다. 지금까지도 피터 래빗은 선풍적인 인기를 바탕으로 인형은 물론 많은 생활용품의 디자인 요소로 활용되고 있다.

한편 여러 해 동안 함께 일한 프레더릭 원 출판사의 가장 나이 어린 편집자 노먼 원이 청혼을 한다. 하지만 약혼하고 몇 달 후, 노먼은 안타깝게도 백혈병으로 사망하고 베아트릭스는 슬픔을 극복하기 위해 레이크 지방에 있는 조용한 니어 소리 마을의 힐탑 농장에서 살기 시작했다. 소박한 시골 생활의 아름다움에 영감을 받은 그녀는 힐탑을 배경으로 많은 동화를 쓰면서 점차 환경 보호 활동에 관심을 가지게 된다.

동화책과 상품의 로열티에 부친의 막대한 유산까지 물려받은 베아트릭스는 땅을 구하는 데 많은 돈을 썼다. 무차별적인 개발을 자연에 대한 폭력으로 받아들이고, 자신이 가진 돈으로 자연을 보존하기 위해 최대한도로 땅을 사들인 것이다. 그 덕분에 오늘날의 레이크 지방은 도시와 집, 마을조차 없는 아름다운 풍광을 자랑한다.

47세에 베아트릭스 포터는 힐탑 근처의 캐슬 농장을 구입할 때 인연을 맺은 윌리엄 힐리스와 결혼했다. 찾아오는 아이들을 실망시키지 않기 위해 늘 토끼를 키웠고 아이들에게 그 토끼들이 피터 래빗의 후예들이라 말하고는 했다. 아이들을 아끼고 사랑했던 베아트릭스를 위해, 30여 년 전에 설립된 베아트릭스포

터협회에서는 전 세계 아이들에게 보낸 그녀의 편지 중 400여 통의 편지를 골라 모음집을 내고 그녀의 전기를 출판했다.

"아이의 영적 세계를 유지하는 것보다 천국이 더 현실적일 수 있다. 지식과 상식으로 균형을 잡고 더 이상 밤의 날아오름을 두려워하지 않지만, 아직도 우리는 삶의 이야기를 아주 조금밖에 이해하지 못한다."

1943년 12월 77세의 일기로 세상을 떠난 베아트릭스는 농장 14개와 집 20채, 4천 에이커의 땅을 자연보호 민간단체인 내셔널 트러스트에 남겼다. 그녀가 사망하고 3년 후인 1946년 힐탑에 있는 집이 대중에 공개되었고, 현재까지도 매년 7만 5천 명의 관광객이 다녀가고 있다.

자연을 사랑했던 베아트릭스가 어린이들을 위해 남긴 '피터 래빗 시리즈' 속 동물 주인공들은 각양각색의 인간 군상을 대변한다. 늑대에게 알을 빼앗길 뻔한 바보 오리, 다람쥐들이 바치는 뇌물을 받아 챙기는 올빼미, 그런 올빼미를 놀려대는 다람쥐, 이득이 없어지자 가난한 주인을 속여서 복수하는 고양이 등은 귀엽거나 혹은 나쁘거나 하는 '인간적인' 모습으로 즐거움과 함께 우리를 돌아보게 한다.

어쩌면 베아트릭스는 이런 현실의 모습을 이야기 형식으로 보여주고 싶었는지도 모른다. 물론 재미있는 이야기이지만, 작가의 말처럼 '삶의 이야기를 아주 조금밖에 이해하지 못하는' 우리들은 아이러니하게도 다양한 동물 이야기를 통해 조금 더 현실을 가깝게 느끼게 된다. 베아트릭스 포터는 어릴 적부터 바깥 세계와 교류가 어려웠지만, 날카로운 통찰력으로 의인화된 동물들을 자연스럽게 묘사했다. 그 생생하게 살아 숨쉬는 묘사 덕분에 동화 속 주인공들은 아직까지도 사라지지 않고 그 인기를 더해 가고 있다.

작 가 연 보

1866년 영국 런던의 니어 소리라는 작은 마을에서 방적 공장을 경영하던 상류층 법률가 집안에서 태어났다. 조용하고 수줍음 많은 성격으로, 동물 사랑이 남달라서 토끼부터 개구리, 고슴도치, 심지어 박쥐까지 집 안에서 많은 동물을 길렀다.

1878년 미술 수업을 받기 시작했다.

1880년 사우스켄싱턴박술관(1899년 빅토리아앨버트미술관으로 개칭)에서 주는 미술 관련 상을 받았다.

1882년 가족들과 함께 영국 북서부 지역인 레이크 지방으로 휴가를 떠났다가 그곳의 아름다운 풍경에 큰 감동을 받고 영감을

얻는다. 이곳은 후에 '피터 래빗'의 탄생 배경이 되었다.

1890년 벤저민 바운서라는 이름을 가진, 일생 첫 번째 토끼를 기르기 시작했다.

1893년 벤저민 바운서가 죽고 나서 피터라는 이름의 새로운 토끼를 맞이했다.

1901년 여러 출판사에서 출판을 거절당하자, 《피터 래빗 이야기》 250부를 자비 출판했다. 반응이 아주 좋아 순식간에 초판이 팔려나갔다.

1902년 프레더릭 원 출판사를 통해 《피터 래빗 이야기》를 정식 출간했다. 이는 그녀가 쓴 최초의 소설이었다. 《피터 래빗 이야기》는 발간과 동시에 엄청난 판매량을 기록했다.

1903년 《다람쥐 넛킨 이야기》《글로스터의 재봉사》《벤저민 버니 이야기》를 출간했다.

1904년 《말썽꾸러기 쥐 두 마리 이야기》를 출간했다.

1905년 레이크 지방으로 거주지를 옮긴 후, 그동안 책을 팔아

모은 돈과 자신의 유산을 모두 합쳐 그곳의 땅과 농장, 집을 구입하고《티기 윙클 부인 이야기》《파이와 파이틀 이야기》를 출간했다. '피터 래빗'의 담당 편집자인 노먼 원이 청혼을 하고 둘은 비밀리에 약혼을 했다. 그러나 한 달 뒤 노먼 원이 갑작스럽게 백혈병으로 세상을 떠나자, 충격을 받고 더욱 일에만 몰두했다.

1906년 《제레미 피셔 이야기》《사납고 못된 토끼 이야기》《미스 모펫 이야기》를 출간했다.

1907년 《톰 키튼 이야기》를 출간했다.

1908년 《제미마 퍼들덕 이야기》《새뮤얼 위스커스 이야기》를 출간했다.

1909년 캐슬 코티지 농장을 사고《플롭시의 아기 토끼들 이야기》《진저와 피클 이야기》를 출간했다.

1910년 《티틀마우스 아주머니 이야기》를 출간했다.

1911년 《티미 팁토스 이야기》를 출간했다.

1912년 《토드 씨 이야기》를 출간했다.

1913년 《피글링 블랜드 이야기》를 출간했다. 노먼 원의 죽음 이후 홀로 지내다가 어머니의 반대를 무릅쓰고 47세에 자신의 변호사인 윌리엄 힐리스와 결혼했다. 이후 캐슬 코티지에서 지냈다.

1917년 《애플리 대플리 자장가》를 출간했다.

1918년 《도시 쥐 조니 이야기》를 출간했다.

1919년 린데스 하우에 있는 집을 사서 홀로 된 어머니에게 선물했다.

1921년 《피터 래빗 이야기》《벤저민 버니 이야기》가 프랑스어로 발간되었고《피터 래빗 이야기》가 점자판으로 발간되었다.

1922년 《세실리 파슬리 자장가》를 출간했다.

1930년 《꼬마 돼지 로빈슨 이야기》를 출간했다.

1936년 《피터 래빗 이야기》를 영화로 만들자는 월트 디즈니의 제안을 거절했다.

1943년 12월 22일 캐슬 코티지에서 77세를 일기로 사망했다.

'피터 래빗 시리즈'의 탄생 배경이 된 500만 평에 이르는 땅과 농장, 저택을 기부하며 자연 그대로 잘 보존해달라는 단 한 가지 유언을 남겼다. 현재까지도 포터의 유언대로 피터 래빗이 탄생한 '레이크 지방'은 영국의 보호를 받으며 보존되고 있다.

1 | 노인과 바다 | 어니스트 헤밍웨이
1953년 퓰리처상 수상작 / 1954년 노벨문학상 수상작 / 미국대학위원회 선정 SAT 추천도서

2 | 동물 농장 | 조지 오웰
미국대학위원회 선정 SAT 추천도서 / 〈타임〉지 선정 현대 100대 영문소설
한국 문인이 선호하는 세계명작소설 100선 / 서울시 교육청 추천도서
논술 및 수능에 출제된 책(1998~2005)

3 | 어린 왕자 | 앙투안 드 생텍쥐페리
전 세계 1억 부 이상 판매 기록 / 16개국 언어로 번역

4 | 사람은 무엇으로 사는가(톨스토이 단편선 1) | 레프 니콜라예비치 톨스토이
영어권 문학가들이 가장 좋아하는 작가 / 전 세계 거의 모든 언어로 번역된 필독서

5 | 검은 고양이(포 단편선) | 에드거 앨런 포
포 최고의 미스터리 세계를 보여 준 호러 문학의 걸작

6 | 예언자 | 칼릴 지브란
'현대의 성서'로 불리는 책

7 | 젊은 베르테르의 슬픔 | 요한 볼프강 폰 괴테
세기의 철학가와 문인들의 찬사를 받은 대표작

8 | 독일인의 사랑 | 프리드리히 막스 뮐러
잊히지 않는 낭만적 사랑의 향기 / 독일 낭만주의 시인 막스 뮐러의 유일 순수문학 작품

9 | 이방인 | 알베르 카뮈
노벨 연구소 선정 최고의 세계문학 100선 / 1957년 노벨문학상 수상작
대한민국 명사 101인의 대표 추천작 / 연세대학교 필독도서 / 미국대학위원회 선정 SAT 추천도서
〈타임〉지 선정 세상을 움직인 책 100권

10 | 데미안 | 헤르만 헤세
노벨문학상 수상 작가 / 20세기 일대 센세이션을 일으킨 성장 소설의 고전
서울시 교육청 추천도서

11 | 그리스인 조르바 | 니코스 카잔차키스

미국대학위원회 선정 SAT 추천도서 / 한국간행물윤리위원회 선정추천도서
한국출판인회의 출판인이 선정한 100권의 도서

12 | 위대한 개츠비 | 프랜시스 스콧 피츠제럴드

〈타임〉지 선정 현대 100대 영문소설 / 어니스트 헤밍웨이가 인정한 완벽한 일급 작품
20세기 100대 영문소설 1위 / 미국대학위원회 선정 SAT 추천도서 / 뉴욕 공립도서관 추천도서
대한민국 명사 101인의 대표 추천작 / WTO 북클럽 추천도서

13 | 도리언 그레이의 초상 | 오스카 와일드

미국대학위원회 고교 추천도서 101 / 대한민국 명사 101의 대표 추천작

14 | 벨 아미 | 기 드 모파상

모파상의 가장 매력적이고 파격적인 작품 / 19세기 파리를 뒤흔든 파격 스캔들
2012년 개봉한 영화 〈벨 아미〉 원작

15 | 이상한 나라의 앨리스 | 루이스 캐럴

난센스와 판타지의 대표작 / 아카데미 '미술상' 수상한 영화의 원작
19세기 가장 유명한 영국 아동문학 작가

16 | 두 도시 이야기 | 찰스 디킨스

영국이 낳은 가장 위대한 소설가 / 영화 〈다크나이트〉의 모티프
미국대학위원회 선정 SAT 추천도서 / 서울시 교육청 선정 청소년 필독도서

17 | 햄릿 | 윌리엄 셰익스피어

대한민국 명사 101인의 대표 추천작 / 서울대학교 권장도서 100선 / 서울대학교 동서고전 200선
연세대학교 필독도서 / 미국대학위원회 선정 SAT 추천도서 / 국립중앙도서관 선정 청소년 권장도서

18 | 오페라의 유령 | 가스통 르루

4대 뮤지컬 〈오페라의 유령〉 원작 소설 / 프랑스 최고 추리소설 작가

19 | 1984 | 조지 오웰

〈타임〉지 선정 세상을 움직인 책 100권 / 〈텔레그라프〉지 완벽한 도서관을 위한 권장도서 100
세계 3대 디스토피아 미래 소설 / 〈가디언〉지 권장도서 / 뉴욕 공립도서관 추천도서
하버드 대학생이 가장 많이 산 책 1위

20 | 수레바퀴 아래서 | 헤르만 헤세

대한민국 명사 101인의 대표 추천작 / 헤르만 헤세의 사춘기 시절 경험을 바탕으로 한 자전적 소설
노벨문학상 수상 작가/ 국립중앙도서관 선정 청소년 권장도서

21 22 23 | 안나 카레니나 1~3 | 레프 니콜라예비치 톨스토이

톨스토이 생애 최고의 리얼리즘 소설 / 서울대학교 권장도서 100선 / 서울대학교 동서고전 200선
연세대학교 필독도서 / 미국대학위원회 선정 SAT 추천도서 / 오프라 윈프리 북클럽 권장도서
논술 및 수능에 출제된 책(1998~2005)

24 | 오즈의 마법사 1 – 오즈의 위대한 마법사 | 라이먼 프랭크 바움

미국대학위원회 선정 SAT 추천도서 / 연세대학교 필독도서 / 국립중앙도서관 선정 우수 번역서

25 | 리어 왕 | 윌리엄 셰익스피어

대한민국 명사 101인의 대표 추천작 / 서울대학교 권장도서 100선 / 연세대학교 필독도서
미국대학위원회 선정 SAT 추천도서 / 〈가디언〉지 권장도서 / 세인트존스 대학교 권장도서
논술 및 수능에 출제된 책(1998~2005)

26 27 28 29 30 | 레 미제라블 1~5 | 빅토르 위고

저명한 문학비평가들이 극찬한 세기의 걸작 / WTO 북클럽 추천도서
2013년 개봉한 영화 〈레 미제라블〉의 원작 / 전자책 베스트셀러 1위(2013)

31 | 월든 | 헨리 데이비드 소로

미국대학위원회 고교추천도서 101 / 미국대학위원회 선정 SAT 추천도서

32 | 겨울 왕국(안데르센 단편선 1) | 한스 크리스티안 안데르센

어린이문학에 꽃을 피운 불멸의 작가 / 세계를 움직인 100권의 책 선정
노벨 연구소 선정 세계 100대 문학 작품

33 | 오만과 편견 | 제인 오스틴

서울대학교 동서고전 200선 / 연세대학교 필독도서 / 세인트존스 대학교 권장도서
〈텔레그라프〉지 완벽한 도서관을 위한 권장도서 100 / 〈가디언〉지 권장도서
미국대학위원회 선정 SAT 추천도서 / 국립중앙도서관 선정 청소년 권장도서

34 | 로미오와 줄리엣 | 윌리엄 셰익스피어

서울대학교 동서고전 200선 / 미국대학위원회 선정 SAT 추천도서
칼리지보드 선정 고교생 필독서 101권

35 | 바람이 분다 | 호리 다쓰오

미야자키 하야오의 애니메이션 영화 〈바람이 분다〉 원작

36 | 맥베스 | 윌리엄 셰익스피어

서울대학교 권장도서 100선 / 연세대학교 필독도서 / 미국대학위원회 선정 SAT 추천도서
국립중앙도서관 선정 청소년 권장도서

37 | 신곡 – 인페르노(지옥) | 단테 알리기에리

서울대학교 권장도서 100선 / 국립중앙도서관 선정 청소년 권장도서
미국대학위원회 선정 SAT 추천도서 / 〈뉴스위크〉지 선정 100대 명저

38 | 외투 · 코(고골 단편선) | 니콜라이 바실리예비치 고골

러시아 사실주의 문학의 지평을 연 작품

39 | 인간 실격 | 다자이 오사무

교육과학기술부 산하 사단법인 한국교육지원회 선정 아침독서 10분 운동 필독서
영화 평론가 이동진 추천도서

40 | 마지막 잎새(오 헨리 단편선) | 오 헨리

서울대학교 · 연세대학교 추천도서 / 서울시 교육청 추천도서
EBS 주최 북퀴즈 왕 선발 추천도서

41 | 오즈의 마법사 2 – 환상의 나라 오즈 | 라이먼 프랭크 바움

미국대학위원회 선정 SAT 추천도서

42 | 좁은 문 | 앙드레 지드

교육과학기술부 산하 사단법인 한국교육지원회 선정 아침독서 10분 운동 필독서

43 | 킬리만자로의 눈(헤밍웨이 단편선) | 어니스트 헤밍웨이

국립중앙도서관 선정도서 / 남산도서관 선정도서

44 | 벤자민 버튼의 시간은 거꾸로 간다(피츠제럴드 단편선 1) | 프랜시스 스콧 피츠제럴드

전미비평가협회 선정 '톱 10 작품', 영화 〈벤자민 버튼의 시간은 거꾸로 간다〉의 원작

2013 화제의 영화 〈위대한 개츠비〉 작가, 피츠제럴드 단편선

45 | 광란의 일요일(피츠제럴드 단편선 2) | 프랜시스 스콧 피츠제럴드

2013 화제의 영화 〈위대한 개츠비〉 작가, 피츠제럴드 단편선

46 | 천로역정 | 존 버니언

성경 다음으로 많이 읽힌 기독교 3대 고전 중 하나 / 2003년 국립중앙도서관 선정 고전 100선

47 | 세 가지 질문(톨스토이 단편선 2) | 레프 니콜라예비치 톨스토이

영어권 문학가들이 가장 좋아하는 작가 / 전 세계 거의 모든 언어로 번역된 필독서

48 | 갈매기(체호프 희곡선 1) | 안톤 체호프

미국대학위원회 선정 SAT 추천도서 / 서울대학교 권장도서 100선

49 | 개를 데리고 다니는 여인(체호프 단편선 1) | 안톤 체호프

서울대학교 동서고전 200선 / 노벨 연구소 선정 세계문학 100선

50 | 귀여운 여인(체호프 단편선 2) | 안톤 체호프

노벨 연구소 선정 세계문학 100선

51 | 폭풍의 언덕 | 에밀리 브론테

서울대학교 · 연세대학교 · 고려대학교 권장도서

1940 아카데미 상 최우수작 지명 〈폭풍의 언덕〉 원작

52 | 지킬 박사와 하이드 | 로버트 루이스 스티븐슨

2004 한국 문인이 선호하는 세계 명작 소설 100선 / 브로드웨이 뮤지컬 역사상 가장 아름다운 스릴러 / 〈지킬 앤 하이드〉 원작

53 | 바냐 아저씨(체호프 희곡선 2) | 안톤 체호프

서울대학교 권장도서 100선 / 노벨문학상 수상자 네이딘 고디머, 앨리스 먼로의 표본

54 55 | 이솝 이야기 1~2 | 이솝

어린이독서위원회, 서울 독서교육연구회 권장도서

56 | 오즈의 마법사 3 – 오즈의 오즈마 공주 | 라이먼 프랭크 바움

미국대학위원회 선정 SAT 추천도서

57 | 주홍색 연구(셜록 홈스 시리즈 1) | 아서 코난 도일
영국 BBC 제작, KBS 방영 〈셜록〉의 원작 / 대한민국 대표 추리 소설가 백휴의 작품해설 수록

58 | 네 개의 서명(셜록 홈스 시리즈 2) | 아서 코난 도일
영국 BBC 제작, KBS 방영 〈셜록〉의 원작 / 대한민국 대표 추리 소설가 백휴의 작품해설 수록

59 | 배스커빌 가의 개(셜록 홈스 시리즈 3) | 아서 코난 도일
영국 BBC 제작, KBS 방영 〈셜록〉의 원작 / 대한민국 대표 추리 소설가 백휴의 작품해설 수록

60 | 공포의 계곡(셜록 홈스 시리즈 4) | 아서 코난 도일
영국 BBC 제작, KBS 방영 〈셜록〉의 원작 / 대한민국 대표 추리 소설가 백휴의 작품해설 수록

61 | 페스트 | 알베르 카뮈
노벨문학상 수상 작가 / 1947년 프랑스 비평가상 수상 / 서울대학교 권장도서 100선

62 | 무기여 잘 있거라 | 어니스트 헤밍웨이
노벨문학상 수상 작가 / 〈타임〉지가 뽑은 20세기 최고의 문학 100선
미국 대학 위원회 선정 SAT 추천 도서 / 서울대학교 권장도서 200선

63 | 야간 비행 | 앙투안 드 생텍쥐페리
1931년 페미나 문학상 수상 / 작가의 경험이 들어간 직업 소설

64 | 톰 소여의 모험 | 마크 트웨인
미국 현대문학의 효시 마크 트웨인의 대표작 / 일본 후지TV 애니메이션 〈톰 소여의 모험〉 원작

65 | 프랑켄슈타인 | 메리 셸리
오늘날 SF소설의 선구 / 과학기술이 야기하는 사회적, 윤리적 문제를 다룬 최초의 소설

66 | 마음 | 나쓰메 소세키
서울대 권장도서 100선 / 일본의 셰익스피어 나쓰메 소세키의 대표작

67 | 노예 12년 | 솔로몬 노섭
2014 아카데미 시상식 3관왕 〈노예 12년〉 원작 / 노예 해방의 도화선이 된 작품

68 | 성냥팔이 소녀(안데르센 단편선 2) | 한스 크리스티안 안데르센
SBS 드라마 〈신의 선물-14일〉 메인 테마 도서 / 어린이문학에 꽃을 피운 불멸의 작가

69 70 | 제인 에어 1~2 | 샬럿 브론테
150년간 사랑받은 로맨스 소설의 고전 / 미국 대학위원회 선정 SAT 추천도서
영국 〈가디언〉이 선정한 세계 100대 최고의 소설 / 연세대학교 권장도서
영국 BBC 조사 영국인들이 가장 사랑하는 소설 100선 / 현대 여성들이 가장 사랑하는 필독서

71 | 예수의 생애 | 찰스 디킨스
2014년 개봉 〈선 오브 갓〉 원작 / 종교철학자 헤겔의 사상을 만든 고전
대문호 찰스 디킨스의 숨은 명작

72 | 싯다르타 | 헤르만 헤세
대한민국 명사 시인 장석남이 강력 추천한 작품 / 출간과 동시에 10만 부가 넘게 팔린 역작
진정한 자아를 깨닫기 위해 늘 고민하던 헤르만 헤세의 자전적 소설

73 | 신곡-연옥 | 단테 알리기에리
서울대 권장도서 100선 / 미국대학위원회 선정 SAT 추천도서
국립중앙박물관 선정 청소년 권장도서 / 〈뉴스위크〉 선정 100대 명저

74 75 | 테스 1~2 | 토머스 하디
미국 영국 BBC 선정 영국인이 사랑한 책 100선 / 서울대 추천 고등학생 권장도서 100선

76 | 신데렐라(샤를 페로 단편선) | 샤를 페로
프랑스 아동 문학의 아버지 / 영화 〈말레피센트〉원작

77 | 미녀와 야수(보몽 단편선) | 잔 마리 르 프랭스 드 보몽
변신 모티프의 전형을 완성 / 미야자키 하야오와 디즈니 애니메이션 원작

78 79 80 | 웃는 남자 1~3 | 빅토르 위고
빅토르 위고가 최고로 자부한 걸작 / 출간 당시 전 유럽을 충격에 빠트린 문제작
뮤지컬, 영화 등 여러 매체로 알려진 〈웃는 남자〉의 원작
한국간행물윤리위원회 선정 청소년 권장도서(2007)

81 | 마담 보바리 | 귀스타브 플로베르
사실주의 문학의 거장 귀스타브 플로베르의 대표작 / 서울대학교 추천 도서 100선
외설적이라는 이유로 19세기 교황청 금서목록에 선정된 작품 / 〈뉴스위크〉지 선정 100대 명저

82 | 별(도데 단편선 1) | 알퐁스 도데
자연주의와 인상주의의 절묘한 조화 / 서정적인 감수성과 아름다운 문체
부산시 교육청 선정 중학생 권장도서 / 포스코 교육재단 선정 중학생 필독도서

83 | 보이첵(뷔히너 단편선) | 게오르그 뷔히너
세계 최초로 한국에서 뮤지컬화 된 〈보이첵〉의 원작
시대를 폭로하는 천재 작가의 현실감 넘치는 작품

84 | 오셀로 | 윌리엄 셰익스피어
셰익스피어 4대 비극 중 하나 / 〈뉴스위크〉 선정 100대 명저 / 서울대학교 권장도서 100선

85 | 변신(카프카 단편선) | 프란츠 카프카
소외된 인간이었던 작가의 갈등과 고독을 반영 / 서울대 추천도서 100선 / 명사 101명이 추천한 파워클래식

86 | 피노키오 | 카를로 콜로디
월트 디즈니 인생 최고의 애니메이션으로 재탄생
스티븐 스필버그 감독의 2001년작 〈A.I.〉의 모티브 / 260개 언어로 번역된 교훈적 내용

87 | 세상을 보는 지혜 | 발타자르 그라시안 · 쇼펜하우어
세기를 아우르는 저명한 철학자가 쓰고 철학자가 옮긴 대표적인 작품
세상을 살아가는 데 꼭 필요한 빛나는 지혜를 전수해 주는 인생 처세서

88 | 마지막 수업(도데 단편선 2) | 알퐁스 도데
중 • 고등학교 국어 교과서 수록 작품 / 교육청 선정 청소년 권장도서 100선

89 | 키다리 아저씨 | 진 웹스터
출간 이래 100년 동안 사랑받아 온 스테디셀러 / 세상의 편견을 뛰어넘은, 편지 형식 소설의 대명사

90 | 키다리 아저씨 2 —그 후 이야기 | 진 웹스터
미국 • 일본 • 한국에서 2차 창작된 작품의 속편 / 여성의 대외 활동을 고양시킨 사회적 걸작

91 92 93 | 피터 래빗 이야기 1~3 | 베아트릭스 포터
세상에서 가장 사랑받는 토끼 이야기 / 자연 보호와 동물 존중 사상이 담긴 작품

94 95 | 드라큘라 1~2 | 브램 스토커
지금까지 가장 많은 동명의 영화로 제작된 고딕 소설의 대명사
2004년 뮤지컬로 만들어져 브로드웨이 초연 이후 세계 각국에서 사랑 받아온 작품

96 97 98 99 | 카라마조프가의 형제들 1~4 | 표도르 도스토옙스키
신 • 종교, 삶 • 죽음, 사랑 • 욕망 등 인간 내면의 본성의 문제를 다룬 작품
정신분석학자 프로이트가 꼽은 세계문학사 3대 걸작 중 하나

100 | 하늘과 바람과 별과 시 | 윤동주 (양승갑 엮음)
요절한 천재 민족 시인의 유고시집 / 대중성과 문학성을 겸비한 시인 김경주 추천작

101 | 정글북 | 러디어드 키플링
영미권 작품 최초, 최연소 노벨문학상 수상작 / 정글의 생명력을 담은 자연친화적 작품
가의 아버지 존 록우드 키플링이 직접 그린 삽화 및 기타 삽화가들 그림 삽입

102 | 거울나라의 앨리스 | 루이스 캐럴
난센스와 판타지의 대표작 《이상한 나라의 앨리스》 속편
거울 속으로 떠난 앨리스의 두 번째 모험 이야기

103 | 마테오 팔코네(메리메 단편선) | 프로스페르 메리메
프랑스 단편소설의 거장 메리메의 대표 단편선 / 비제의 오페라 〈카르멘〉의 원작자

104 | 빨강머리 앤 | 루시 모드 몽고메리
캐나다의 대표적인 소설가 몽고메리의 데뷔작 / 서울시 교육청 선정 청소년 권장도서
KBS TV '책을 말하다' 추천도서 / 일본 후지 TV 애니메이션 〈빨강머리 앤〉 원작

105 | 삶이 그대를 속일지라도(푸시킨 시선집) | 알렉산드르 푸시킨
러시아 리얼리즘 문학의 선구자이자 러시아 국민시인 푸시킨의 대표 시선집

106 | 도련님 | 나쓰메 소세키
일본의 셰익스피어 나쓰메 소세키를 인기 작가 반열에 올린 작품
'책으로 따뜻한 세상 만드는 교사들(책따세)' 권장도서
서울시 교육청 '청소년을 위한 고전 콘서트' 도서 / 서울대학교 지정 수능필독도서

107 | 은하철도의 밤(겐지 단편선) | 미야자와 겐지

일본이 가장 사랑하는 동화작가 미야자와 겐지의 대표 단편선
일본 후지 TV 애니메이션 〈은하철도 999〉의 모티브

108 | 자기만의 방 | 버지니아 울프

20세기 페미니즘 비평의 선구자 버지니아 울프의 수필집
국립중앙도서관 선정 권장도서 / 서강대학교 권장도서 100선

109 | 플랜더스의 개(위다 단편선) | 위다(매리 루이스 드 라 라메)

멜로 드라마풍의 작품으로 유명한 영국의 아동문학가
서울시 교육청 선정 청소년 권장도서 / 일본 후지 TV 애니메이션 〈플랜더스의 개〉 원작

110 | 크리스마스 캐럴 | 찰스 디킨스

셰익스피어와 함께 영국을 대표하는 작가 찰스 디킨스의 중편소설
'책으로 따뜻한 세상 만드는 교사들(책따세)' 권장도서

111 | 탈무드

5000년에 걸친 유대인의 지혜가 담긴 책 / 서울대학교 지정 수능필독도서
포스코 교육재단 선정 초등학교 필독도서 / 경북교육청 선정 청소년 권장도서
백인제기념도서관 교양도서

112 | 호두까기 인형 | 에른스트 호프만

1892년 차이코프스키 발레 호두까기인형의 원작소설
2018 디즈니 애니메이션 호두까기 인형과 4개의 왕국의 원작소설

113 114 | 곰돌이 푸 1~2 | 앨런 알렉산더 밀른

2018 영화 '곰돌이 푸 다시만나 행복해' 원작 동화 / 곰돌이 푸가 건네는 따뜻한 감성 메시지

115 | 인형의 집 | 헨릭 입센

여성 평등을 그린 선구자적인 작품 / 페미니즘 희곡의 대명사 / 노벨연구소 선정 세계 100대 문학

* 더클래식 세계문학 컬렉션은 계속 출간될 예정입니다.